Korean Listening Skills

標準 韓國語聽力

準備TOPIK 1-2級檢定及加強聽力必備教材，
教學、自學皆適用

初 級

全MP3一次下載

http://booknews.com.tw/mp3/9789864542734.htm

iOS 系統請升級至 iOS 13 後再行下載，下載前請先安裝ZIP解壓縮程式或APP。

此為大型檔案，建議使用 WIFI 連線下載，以免占用流量，並確認連線狀況，以利下載順暢。

前言

　　在中級的韓語聽力技巧書籍出版之後，受到國內外許多韓語教師及學習者的關注和響應，眾多韓語老師和學習者反應，對同一系列的初級教材有所需求，因此本書的執筆就此開始。此外，中國（外延出版社）和日本（Hana出版社）的出版社對我們的書籍也表示關注，因此本書也在當地發行，現正熱賣中。

　　這次初級教材也跟中級教材追求的一樣，是以「現實生活中有用的課題為中心進行聽力練習」這個目的與方向為基礎，讓聽力練習能夠更加完善，考量到初級學習者的實力，從最基礎、簡單的練習到需要綜合理解的題型，以循序漸進的方式編排。此外，每課都會提示學習者們有用的聽力小技巧。

　　我們從初級階段必須學會的內容中，挑選了「打招呼與自我介紹」到「各國生活與文化」等趣味主題，編寫成17課的內容。雖然本書是用短句表達、對話跟現實生活中有用的主題相互穿插，但課程內容並非拘限於和韓國有關的狀況，還介紹了世界各國文化，希望引起各國學習者的關注。期望藉由本書，能加強學習者對韓語理解的基礎，快樂學習的同時提升自己的聽力實力。準備韓國語文能力測驗（TOPIK）初級時，這本書也會成為學習者很好的練習工具。此外，也希望本書對那些身處一線，負責進行韓語教學的老師來說也是有用的教學資料。

　　最後，要向為本書提供幫助的各位表示感謝。首先，要向促使本書開始執筆並提供支援的韓國國際交流財團致上深深的感謝，還有不吝於鼓勵的SOAS 教授延在勳和 Dr George Zhang（Drector of SOAS Lang）。也感謝這次負責翻譯的 Helen Edwards、負責攝影工作的申翼燦先生、欣然答應成為模特兒的首爾大學語言教育院的學生們、馬來西亞班的畢業生和 SOAS 的學生們。另外，也要向欣然同意出版的多樂園鄭奎道社長以及為出版書籍付出極大努力的韓國語出版部編輯團隊致上誠摯的謝意。

趙才嬉，吳美南

本書構成及運用

　　本書從現實生活中選出必要的基本主題編寫成 17 課學習內容，為了讓學習者趣味盎然、愉悅地學習韓語，我們提供了各式各樣的聽力情境與活動。課程編排包括掌握主題相關詞彙並活用背景知識的「課前暖身」，由 4~5 個問題構成的主要訓練內容「聽力」，接著是透過口說、閱讀、寫作等試著整理出來的「活動」。此外，為了有效的聽力練習，書中還提供學習者聽力策略，並在每一課向學習者介紹「聽力小技巧」跟相似發音。

　　每一課的構成，依序都是從基本表達到情境複雜的談話，課程編排設計上，越後面的課程內容越困難。每一課都可根據學習者的程度、要求、上課時間按照題目類型、主題類別做挑選進行學習。若確實執行每一課編排的所有活動，學習時間大約會花一小時到一個半小時左右。

課前暖身

　　一邊參考照片等資料，一邊喚起各位讀者對該主題的背景知識和興趣，並通過教師與學生之間的對談，來確認在「聽力」與「活動」單元中需要用到的韓語詞彙與表達。

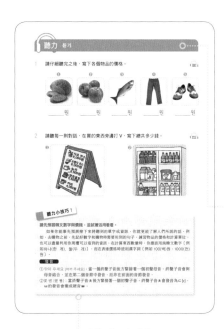

聽力

　　從基本練習到複雜的情境對話，要聆聽4~5個題目以完成課程訓練。聽力內容真實呈現現實生活中一定會遇到的情境，而聽力課題也考慮到現實生活的資料進行編排。

聽力小技巧！

　　為了在做聽力測驗時掌握所需的情報與目的，盡可能有效解決題目中的問題。我們會依照每一課的內容提供聽力策略，並點出必須留意的韓語發音。韓語音標會標示在單字旁的[　]裡。

活動

　　盡可能讓學習者整理並強化聽力練習中熟悉的內容，透過現實生活中使用的資料進行閱讀或寫作，藉由情境劇活動等，讓學習者分享對主題的一些看法。

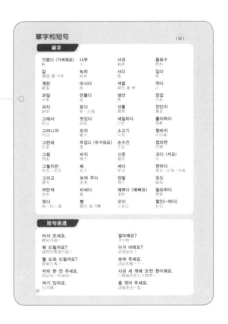

詞彙和表達

　　為了讓學習者可以輕鬆查找「聽力」與「活動」裡出現的詞彙和表達，我們將這些詞句陳列在每一課最後一頁。而包含簡單詞彙在內的所有單字，皆可於全書最後的索引中再次查詢。單字解說所需的用語會如下方範例那樣以縮寫呈現。此外，不規則動詞的情況，如크다（커요），會在動詞基本形態旁的（　）內標示該詞彙的現在式。

| 예 예문 例句 | 유 유사어 近義詞 |
| 반 반대말 反義詞 | 피 피동사 被動詞 |

附錄

　　附錄收錄了聽力腳本、腳本中文翻譯與正確解答；但題目若為開放式問題，將不另行提供解答（「活動」大部分皆為開放式題型，僅Unit 2、Unit 8、Unit 11、Unit 14、Unit 15有提供解答）。

目錄

前言   03

本書構成及運用   04

內容架構   08

Unit **01** 很高興見到您   09

Unit **02** 餐廳在哪裡？   15

Unit **03** 您有哪些家人？   21

Unit **04** 多少錢？   27

Unit **05** 今天做什麼呢？   33

Unit **06** 你要怎麼回家？   39

Unit **07** 你的興趣是什麼？   45

Unit **08** 假期過得如何？   51

Unit **09** 請給我一份拌飯   57

Unit **10** 我將在新的一年開始運動   63

Unit **11**　我頭痛　　　　　　　　　　　　　　69

Unit **12**　喂？　　　　　　　　　　　　　　　75

Unit **13**　我想訂票　　　　　　　　　　　　81

Unit **14**　請借我字典　　　　　　　　　　　87

Unit **15**　心情好的話，我會唱歌　　　　　93

Unit **16**　恭喜你畢業！　　　　　　　　　99

Unit **17**　喜歡街上的咖啡廳　　　　　　105

附錄　聽力腳本　　　　　　　　　　　　112

　　　正確解答　　　　　　　　　　　　149

　　　索引　　　　　　　　　　　　　　157

內容架構

	題目	主題	聽力	課後活動
01	很高興見到您	打招呼與自我介紹	• 打招呼 • 自我介紹：姓名、國家、職業	• 填寫韓文課程申請書
02	餐廳在哪裡？	位置	• 掌握物品的詞彙 • 事物／人／建築物的位置的掌握	• 用韓文說明人和物品的位置
03	您有哪些家人？	家族	• 介紹家庭：家人的稱謂、年齡、職業 • 熟悉數字（Ⅰ）	• 介紹家人
04	多少錢？	購物	• 瞭解韓國貨幣 • 熟悉數字（Ⅱ） • 掌握單位名詞 • 購物：商店，掌握價格	• 掌握物品的價格 • 買東西角色扮演
05	今天做什麼呢？	日常生活	• 掌握時間、星期、日期 • 了解日常生活	• 談論日常生活
06	你要怎麼回家？	交通	• 認識交通工具 • 詢問到達目的地的交通方式和交通時間 • 理解交通廣播	• 看著地鐵路線圖找尋去目的地的方法 • 試著讀懂公車價目表
07	你的興趣是什麼？	興趣與休閒活動	• 了解休閒活動 • 談論興趣 • 了解度過休閒時間的方法	• 了解終身學習課程介紹
08	假期過得如何？	休假	• 掌握度假地點 • 了解休假期間可以從事的活動 • 談論關於上次的休假	• 試著評價旅遊地 • 閱讀部落客的旅行文章
09	請給我一份拌飯	點餐	• 在餐廳裡面點餐 • 外賣點餐 • 尋找美味的餐廳	• 看著菜單點餐 • 評價餐廳
10	我將在新的一年開始運動	未來的計劃	• 談論未來計劃 • 談論新年的新目標	• 試著了解過去、現在、未來的生活
11	我頭痛	醫院	• 認識身體各部位的詞彙 • 說明症狀	• 了解醫院的種類 • 了解處方箋
12	喂？	電話	• 掌握電話號碼 • 了解通話中使用的表現 • 理解文字訊息 • 理解自動回答訊息	• 用電話預約 • 用電話取消／變更預約
13	我想訂票	預約	• 預約（酒店、火車票等） • 變更預約	• 在網路上查詢酒店和飛機票之後進行預約
14	請借我字典	請求和拜託	• 請求 • 拜託 • 接受和拒絕他人的請求、拜託	• 練習關於請求的表現 • 閱讀並掌握標語
15	心情好的話，我會唱歌	心情與感情	• 了解心情和感情的表現 • 了解關於緩解壓力的方法	• 閱讀人們認為何時幸福，何時覺得不幸，並進行討論
16	恭喜你畢業！	活動與招待	• 了解活動和節日 • 了解請帖 • 選擇符合活動的適當禮物	• 了解韓國節日與國定假日 • 談論關於其他國家的節日與國定假日
17	喜歡街上的咖啡廳	各國的生活與風俗	• 談論其他國家的生活 • 交流各個國家的資訊–天氣、食物等 • 了解各國的文化／風俗	• 閱讀濟州島的介紹手冊，了解濟州島的相關資訊

Unit 01 | 반갑습니다
很高興見到您

1 哪些國家的問候方式跟下圖照片一樣？請在世界地圖上尋找那些國家。

영국　이탈리아　이집트　몽골　한국　중국　일본　태국　호주　캐나다　미국　브라질

2 請從單字選項中選出與圖片相對應的職業。

單字選項　선생님　의사　회사원　학생　가수　작가

聽力 듣기

1 請聽以下問候語，選出正確的圖片。

2 請聽對話內容，在正確的答案中打「∨」。

❶
국적 ☐ 영국 ☐ 미국
직업 ☐ 회사원
☐ 은행원

❷
국적 ☐ 태국 ☐ 베트남
직업 ☐ 작가 ☐ 화가

❸
국적 ☐ 일본 ☐ 몽골
직업 ☐ 가수 ☐ 배우

❹
국적 ☐ 미국 ☐ 캐나다
직업 ☐ 의사 ☐ 간호사

3　下面證件是誰的呢？請聽以下兩則對話，從單字選項找出相對應的名字填入
　　證件中。🎧003

單字選項　　폴　　　김지수　　　마르코　　　리에

① ❶ 학생증　학교 한국대학교　이름 ＿＿＿＿

❷ 삼성　＿＿＿＿　서울 강남구 삼성동 무역센터　TEL: +82-2-5788 3264

② ❸ 신분증　학교 한국대학교　직위 일본어학과 일본어 강사　이름 ＿＿＿＿　Hanguk University

❹ 한강 외국어 학원　영어 강사 ＿＿＿＿　종로구 종로1가 331　휴대폰 010 · 2630 · 1790

4　請再聽一次第三題的兩則對話，把正確答案填入空格中。

이름	나라	직업
마르코	❶＿＿＿＿	학생
지수	한국	❷＿＿＿＿
폴	❸＿＿＿＿	영어 선생님
리에	일본	❹＿＿＿＿

5　請聽以下自我介紹時會被問到的問題，並在每道題目正確的回答旁打
　　「∨」。

❶ ☐ 리에예요.　　　☐ 학생이에요.

❷ ☐ 한국이에요.　　☐ 영국 사람이에요.

❸ ☐ 회사원이에요.　☐ 일본에서 왔어요.

❹ ☐ 선생님이에요.　☐ 삼성에서 일해요.

聽力小技巧！

請將介紹時會遇到的問題和答案背起來！

　　這些問題通常都是在介紹的場合出現，包含姓名、國籍、職業和年齡。試著在遇見新朋友之前準備好這些問題和答案。

發音

「안녕히 가세요.」和「안녕히 계세요.」

　　注意分辨「가세요」和「계세요」的發音，前者的發音是 [ga-se-yo]，後者的發音是 [ge-se-yo]。兩個都是「再見」的意思，但會用在不同的狀況。「가세요」意思是「平安離開」，是對要離開的人說的話；而「계세요」的意思是「平安待著」，是對留在原地的人說的話。

1　以下是韓語課程的申請書，請試著用韓文填寫看看。

한국어과정 지원서

韓語課程申請書

★ 입학신청학기에 표시하십시오. 請勾選要申請的課程季度。

연도 學年度：＿＿＿＿＿＿

□ 봄 春季　　　　□ 여름 夏季

□ 가을 秋季　　　□ 겨울 冬季

사진
照片

★ 지원하고자 하는 과정에 표시하십시오. 請勾選你想申請的課程。

□ 오전 정규반 上午正規班　　　□ 오후 정규반 下午正規班

□ 여름 단기반 暑假短期班　　　□ 연구반 研究班

1 성명 姓名：성 姓氏 ＿＿＿＿＿＿＿＿＿　　이름 名字 ＿＿＿＿＿＿＿＿

2 생년월일 出生年月日：＿＿＿＿ 년 年／＿＿＿＿ 월 月／＿＿＿＿ 일 日

3 성별 性別：□ 남자 男性　　□ 여자 女性

4 국적 國籍：＿＿＿＿＿＿＿＿＿＿＿

5 주소 地址

　□ 본국 내 주소 本國地址

　＿＿＿＿＿＿＿＿＿＿＿＿＿＿＿＿＿＿＿＿＿＿＿

　□ 한국 내 주소 韓國地址

　＿＿＿＿＿＿＿＿＿＿＿＿＿＿＿＿＿＿＿＿＿＿＿

　전화 電話 ＿＿＿＿＿＿＿＿＿＿＿　휴대폰 手機號碼 ＿＿＿＿＿＿＿＿＿

　E-mail ＿＿＿＿＿＿＿＿＿＿＿＿＿＿

6 직업 職業：＿＿＿＿＿＿＿＿＿＿＿＿

單字和短句

單字

가수 歌手	**베트남** 越南	**은행원** 銀行員	**태국** 泰國
간호사 護士	**브라질** 巴西	**의사** 醫師	**캐나다** 加拿大
강사 講師	**사람** 人	**이름** 名字	**학교** 學校
국적 國籍	**선생님** 老師	**일본** 日本	**학생** 學生 예 학생증 學生證
몽골 蒙古	**성함** 姓名	**일하다** 工作	**한국어 과정** 韓語課程
무슨 怎麼樣的	**신분증** 身分證	**작가** 作家	**화가** 畫家
뭐 什麼	**어디** 哪裡	**중국** 中國	**회사원** 公司職員
미국 美國	**어떻게** 如何	**지원서** 申請書、履歷	
배우 演員	**영국** 英國	**직업** 職業	

短句表達

안녕하세요?
您好嗎？

안녕히 가세요.
請慢走。

안녕히 계세요.
請留步。

이름이 뭐예요?
你叫什麼名字？
cf. 성함이 어떻게 되세요?
請問尊姓大名？

저는 김지수입니다.
我是金智秀。

어느 나라 사람이에요?
你是哪一國人？

저는 영국 사람이에요.
我是英國人。

어느 나라에서 오셨어요?
您是從哪一個國家來的呢？

한국에서 왔어요.
我來自韓國。

무슨 일 하세요?
您從事什麼工作？

직업이 뭐예요?
您的職業是什麼？

저는 학생이에요.
我是學生。

Unit 02 | 식당이 어디에 있어요?

餐廳在哪裡？

課前暖身 준비

1 以下是表達位置的詞彙。請利用這些詞彙，說出圖片中書本的擺放位置。

| 單字選項 | 위 밑/아래 앞 뒤 옆 안 밖 |

2 以下場所是哪裡呢？請從單字選項中找出正確答案並填寫。

| 單字選項 | 학교 병원 지하철 역 화장실 은행 슈퍼마켓 |

1　請仔細聆聽，以下是誰的物品，將物品和正確的人物連接起來。

이치로　　　　릴리　　　　마르코　　　　김지수

2　仔細聽以下對話內容，房間內如有下圖中的物品請畫 O，沒有的請畫 X。

3 請聽以下兩則對話，正確連結各個場所分別位於建築物的哪個樓層，而什麼人又位於哪個地方。

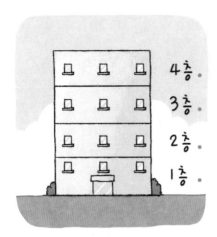

- 식당 •   • 김지수
- 은행 •   • 마르코
- 커피숍 •   • 릴리
- 병원 •   • 폴
- 약국 •   • 이치로

4 請仔細聽以下對話內容，下列物品位於哪個位置，請將物品編號寫在正確的位置上。

커피숍　　우체국　　슈퍼마켓　　은행　　식당

聽力小技巧！

如果沒聽懂，請再問一次。

　　如果你沒有理解聽到的句子，或是想要確認自己聽到的是否正確，可以請對方再重複一次那些字。例如，如果你不確定自己聽到的是不是「학교 오른쪽이요」，你可以重複說一次「학교 오른쪽이요？」以確認。

發音

① 앞에 [아페] ② 옆에 [여페] ③ 밑에 [미테]：

　　以上的例子都是連音，第一個音節裡的終聲子音，發音會好像是第二個音節的初聲子音。

活動 활동

1 請看下圖，並試著用韓文說明人和物品的所在位置。

수진 씨는 ❶ _____ 에 있어요. 마르코 씨는 ❷ _____ 에 있어요.

릴리 씨는 ❸ _____ 에 있어요. 폴 씨는 ❹ _____ 에 있어요.

책은 ❺ _____ 에 있어요. 가방은 ❻ _____ 에 있어요.

컵은 ❼ _____ 에 있어요.

2 請各位試著用韓文說說看自己房間裡放了哪些物品，而那些物品的位置又在哪裡。

單字和短句

單字

가방 包包	**방** 房間	**없다 (없어요)** 沒有、不在	**이게** 這個
같이 一起	**병원** 醫院	**옆** 旁邊	**있다 (있어요)** 有、在
공원 公園	**소파** 沙發	**오른쪽** 右邊	**전화** 電話
구두 皮鞋	**슈퍼마켓** 超市	**왼쪽** 左邊	**지하철 역** 捷運站、地鐵站
그게 那個	**시계** 時鐘、手錶	**우산** 雨傘	**창문** 窗戶
근처 附近	**아래** 下面、下方	**우체국** 郵局	**책** 書
누구 誰	**안** 裡面	**위** 上面	**책상** 書桌
뒤 後面、後方	**앞** 前面、前方	**위치** 位置	**책장** 書櫃、書架
밑 底下	**약국** 藥局	**은행** 銀行	**탁자** 桌子
밖 外面	**어디** 哪裡	**의자** 椅子	**휴대폰** 手機

短句表達

이게 뭐예요?
這是什麼？

이게 책이에요.
這是書。

이게 누구 책이에요?
這是誰的書？

수진씨 책이에요.
這是秀珍小姐的書。

식당이 어디에 있어요?
餐廳在哪裡？

3층에 있어요.
在三樓。

수진 씨가 어디에 있어요?
秀珍小姐在哪裡？

커피숍에 있어요.
她在咖啡廳。

이 근처에 슈퍼마켓이 있어요?
這附近有超市嗎？

네, 약국 옆에 있어요.
有，在藥局旁邊。

Unit 03 | 가족이 어떻게 되세요?

你有哪些家人？

課前暖身 준비

1 以下是表示家人的詞彙。請在單字選項中找到正確的詞彙填入空格中。

單字選項 어머니 누나 할아버지 오빠 아내 언니 형 여동생 딸

2 下列數字與量詞一起使用時要怎麼改變？請寫在空格裡。

❶ 하나 ＿＿＿ 명
❷ 둘 ＿＿＿ 명
❸ 셋 ＿＿＿ 명
❹ 넷 ＿＿＿ 명
❺ 다섯 ＿＿＿ 명

1 　請聽以下兩則對話，在空格裡填入正確的數字。

❶ 형 ＿＿＿ 명
　남동생 ＿＿＿ 살

❷ 한국 친구 ＿＿＿ 명
　오빠 ＿＿＿ 살

2 　請仔細聽，選出符合對話描述的圖片，依序標上 1、2、3、4。

3　以下正在介紹家人。請仔細聽哪張家族照片是誰的家人，把名字寫在下方。

———————

———————

———————

———————

4　請再聽一次第三題的對話，並在空白處填入各家族成員的職業與年齡。

❶ **이수진의 가족**

아버지 직업: _____
어머니 직업: 선생님
오빠 직업: _____
수진 직업: 학생

❷ **이치로의 가족**

이치로 직업: _____
딸 나이: _____살
아들 나이: _____살

❸ **릴리의 가족**

아버지 직업: 회사원
어머니 직업: _____
릴리 직업: 학생
여동생 직업: _____

❹ **폴의 가족**

폴 직업: 영어 선생님
아내 직업: _____

5　　請聽對話內容，將答案填入空白處。

❶ **마크**
직업: ＿＿＿＿＿＿
나이: ＿＿＿＿＿＿
사는 곳: 이태원
가족: 부모님, ＿＿＿＿＿

❷ **릴리**
직업: ＿＿＿＿＿＿
사는 곳: ＿＿＿＿＿＿
가족: 부모님, ＿＿＿＿＿

聽力小技巧！

請將韓文的慣用表現記起來。

　　「어떻게 되세요」這個詞彙會出現在像是「가족이 어떻게 되세요？」或「이름이 어떻 게 되세요？」等片語裡，直譯是「怎麼變成這樣的？」常被用來詢問私人資訊，例如家庭、年齡、職業、姓名等。

發音

①아홉살 [아홉쌀]：當終聲子音ㅂ後方緊接著初聲子音ㅅ，ㅅ的發音會變成硬音ㅆ。

②열살 [열쌀]：當終聲子音ㄹ後方緊接著初聲子音ㅅ，ㅅ的發音會變成硬音ㅆ。

③어떻게 [어떠케]：當ㅎ[h] 是終聲子音，而且後方緊接著作為初聲子音的ㄱ[g]，兩者會結合，ㄱ[g] 發音為送氣的ㅋ [k]。

④몇 명 [면명]：當ㅊ發音為 [t] 並作為終聲子音，後方緊接著一個作為初聲子音的鼻音「ㅁ、ㄹ、ㄴ、ㅇ」時，ㅊ會發ㄴ的音。

活動 활동

1 請看下方家族合照，試著介紹家族成員。

❶

김민수 씨의 가족사진

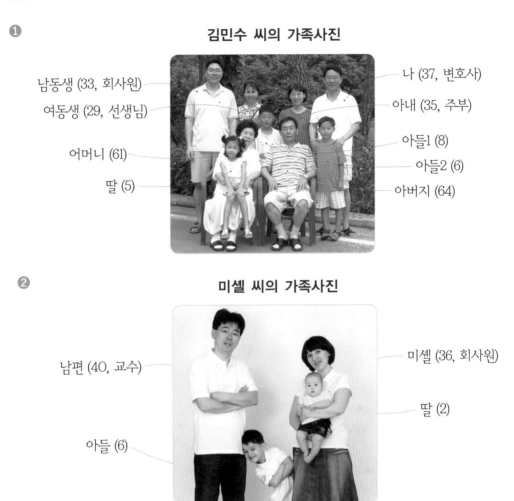

남동생 (33, 회사원)

여동생 (29, 선생님)

어머니 (61)

딸 (5)

나 (37, 변호사)

아내 (35, 주부)

아들1 (8)

아들2 (6)

아버지 (64)

❷

미셸 씨의 가족사진

남편 (40, 교수)

아들 (6)

미셸 (36, 회사원)

딸 (2)

2 請各位介紹一下自己的家人。

單字和短句

單字

가르치다 教	**남편** 老公、先生	**사진** 照片	**오빠** 哥哥 ※限女生使用
가족 家族	**누나** 姊姊 ※限男生使用	**살다** 活、生存、過~的 生活	**은행원** 銀行員
개 狗	**다** 全部	**아내** 老婆、妻子	**정말** 真的
공부하다 學習、讀書	**대학교** 大學	**아들** 兒子	**주부** 主婦
교수 教授	**딸** 女兒	**아버지** 爸爸	**지금** 現在
그냥 就這樣、不太重要、沒有理由	**–명** O名	**어머니** 媽媽	**친구** 朋友
기자 記者	**몇** 幾、多少	**언니** 姊姊 ※限女生使用	**할머니** 奶奶
나이 年紀	**모두** 全部	**여동생** 妹妹	**할아버지** 爺爺
남동생 弟弟	**변호사** 律師	**여자** 女生	**형** 哥哥 ※限男生使用
남자 男生	**부모** 父母	**영화** 電影	

短句表達

성함이 어떻게 되세요?
請問尊姓大名？

저는 이수진이라고 합니다.
我叫李秀鎮。

나이가 어떻게 되세요?
請問您幾歲？

스무살이에요.
我二十歲。

가족이 어떻게 되세요?
您有哪些家人呢？

아내하고 딸 하나, 아들 하나 있어요.
有妻子、一個女兒和一個兒子。

잘됐어요.
太棒了！

어디에 살아요?
請問您住在哪裡？

이태원에 살아요.
我住在梨泰院。

Unit 04 | 얼마예요?
多少錢？

課前暖身 준비

1 下圖的貨幣是多少面額？請試著用韓文讀讀看。

2 請從單字選項找出以下物品使用的量詞後填入空格中，並試著讀讀看。

單字選項　　　개　　마리　　병　　장　　권　　잔

사과 _____　　　맥주 _____　　　생선 _____

책 _____　　　표 _____　　　커피 _____

1 請仔細聽完之後，寫下各個物品的價格。

① 　② 　③ 　④ 　⑤

_____원　　_____원　　_____원　　_____원　　_____원

2 請聽每一則對話，在買的東西旁邊打 V，寫下總共多少錢。

①

_____원

②

_____원

③

_____원

④

_____원

3 兩人為了登山打算去購買一些食物。聽完對話內容,請在兩人買的食物旁打勾。

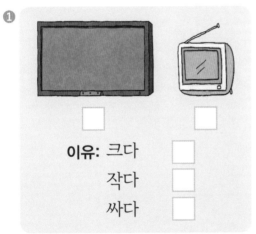

식빵	☐	토마토	☐
치즈	☐	오이	☐
햄	☐	과일 주스	☐
사과	☐	물	☐
초콜릿	☐	컵라면	☐

4 請聽以下四則對話,兩人買了什麼東西、為什麼選那樣東西,請在正確的選項打 V。

❶
☐   ☐

이유: 크다 ☐
　　　작다 ☐
　　　싸다 ☐

❷
☐   ☐

이유: 디자인이 좋다 ☐
　　　작다 ☐
　　　스크린이 크다 ☐

❸
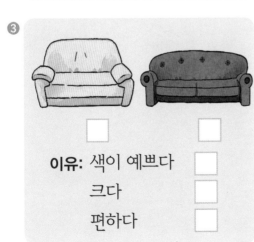
☐   ☐

이유: 색이 예쁘다 ☐
　　　크다 ☐
　　　편하다 ☐

❹
☐   ☐

이유: 멋있다 ☐
　　　무겁다 ☐
　　　가볍다 ☐

5　請聽對話內容，在客人買的物品下方打 V，然後未購買的物品為何沒有購買，請把理由寫下來。 🎧023

스페셜 세일 쿠폰
Special Sales Coupon

~~135,000 원~~	~~80,000 원~~	~~50,000 원~~	~~4,0000 원~~	~~20,000 원~~
⇨ 94,500 원	⇨ 64,000 원	⇨ 40,000 원	⇨ 28,000 원	⇨ 16,000 원
☐	☐	☐	☐	☐
기간: 12.23(화)~12.28(일)	기간: 12.23(화)~12.28(일)	기간: 12.23(화)~12.28(일)	기간: 12.23(화)~12.28(일)	기간: 12.23(화)~12.28(일)

이유:　　　　　이유:　　　　　이유:　　　　　이유:　　　　　이유:

_____　_____　_____　_____　_____

聽力小技巧！

請先預習韓文數字與價錢，並試著活用看看。

　　如果你能事先預測接下來將聽到的單字或資訊，你就更能了解人們所説的話。例如，去購物之前，先記好數字和購物時需要用到的句子，練習物品的價格和計算單位，也可以盡量利用你周遭可以看到的資訊。在計算東西數量時，你應該用純韓文數字〔例如하나(한 개)、둘(두 개)〕，而在表達價格時使用漢字詞〔例如 100(백)원、1000(천)원〕。

發音

①깎아 주세요 [까까 주세요]：當一個終聲子音後方緊接著一個初聲母音，終聲子音會與母音結合，並在第二個音節中發音，而非在前面的音節發音。

②몇 병 [멷 뼝]：當終聲子音ㅊ後方緊接著一個初聲子音，終聲子音ㅊ會發音為ㄷ[t]，ㅂ的發音會變成硬音ㅃ。

活動 활동

1 以下物品的價格是多少錢？請寫下韓國與自己國家的價格並試著說說看。

	한국	자기 나라
맥주 한 병		
버스 요금		
커피숍에서 커피 한 잔		
_____		

2 下面是超市的傳單，請看著傳單，試著寫一段購買下方物品的對話。

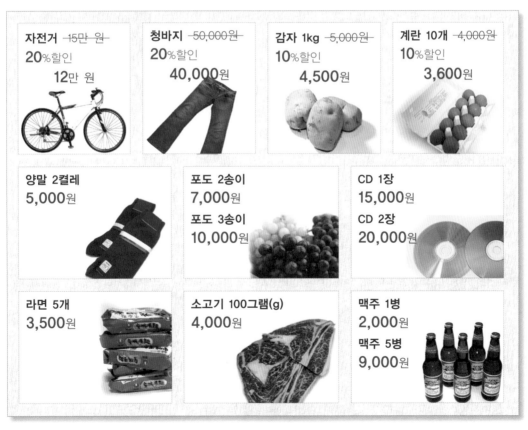

자전거 ~~15만 원~~
20%할인
12만 원

청바지 ~~50,000원~~
20%할인
40,000원

감자 1kg ~~5,000원~~
10%할인
4,500원

계란 10개 ~~4,000원~~
10%할인
3,600원

양말 2켤레
5,000원

포도 2송이
7,000원
포도 3송이
10,000원

CD 1장
15,000원
CD 2장
20,000원

라면 5개
3,500원

소고기 100그램(g)
4,000원

맥주 1병
2,000원
맥주 5병
9,000원

❶ 포도 3송이 / 소고기 1Kg   ❷ 라면 5개 / 맥주 5병
❸ 자전거 1대 / CD 2장   ❸ 양말 10켤레 / 청바지 1벌

單字和短句

單字

韓文	中文	韓文	中文
가볍다 (가벼워요)	輕	사과	蘋果
값	價錢 윤 가격	녹차	綠茶
계란	雞蛋	마시다	喝
과일	水果	만들다	做
과자	餅乾	맞다	對、正確
그래서	所以	멋있다	帥氣
그러니까	所以	모자	帽子
그런데	但是	무겁다 (무거워요)	重
그럼	那麼	바지	褲子
그렇지만	然而、但是	배	梨子
그리고	還有	보여 주다	展現
까만색	黑色	비싸다	貴
깎다	削、砍、減	빵	麵包 윤 식빵

韓文	中文	韓文	中文
사과	蘋果	음료수	飲料
사다	買	입다	穿
색깔	顏色 윤 색	작다	小
생선	魚	장갑	手套
선물	禮物	전단지	傳單
세일하다	打折	좋아하다	喜歡
소고기	牛肉	청바지	牛仔褲
손수건	手帕	컵라면	杯麵
신문	報紙	크다 (커요)	大
싸다	便宜	편하다	便利、舒服、舒適
양말	襪子	포도	葡萄
예쁘다 (예뻐요)	漂亮	필요하다	需要
오이	小黃瓜	할인 (-하다)	折扣

短句表達

어서 오세요.
歡迎光臨。

뭐 드릴까요?
請問您需要什麼？

뭘 도와 드릴까요?
要幫忙嗎？

커피 한 잔 주세요.
請給我一杯咖啡。

여기 있어요.
在這邊。

얼마예요?
多少錢？

이거 어때요?
這個如何？

보여 주세요.
請給我看一下。

사과 세 개에 오천 원이에요.
三顆蘋果是五千韓幣。

좀 깎아 주세요.
請算便宜一點。

Unit 05 | 오늘 뭐 해요?
今天做什麼呢？

1 請從單字選項中找出下方圖片所指的動詞並寫下來。

單字選項　보다　먹다　듣다　마시다
　　　　　만나다　일하다　운동하다　공부하다

❶ ❷ ❸ ❹

❺ ❻ ❼ ❽

2 以下是表示時間的詞彙，請從單字選項中找出正確單字，將答案填入空格處並讀出來。

單字選項　년　월　일　요일　시　분　어제　내일

1 ___ 45 ___

2018 ___ 　5 ___

일	월 ___	화 ___	수 ___	목 ___	금 ___	토 ___
		1	2	3	4	5
6	7	8	9	10	11	12
13	14	15	16 오늘	17	18	19
20	21	22	23	24	25	26
27	28	29	30	31		

1 請聽以下四則對話，把時間寫在時鐘上。

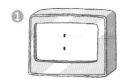 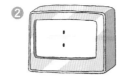 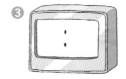 

2 請聽對話內容，在月曆上寫下正確的月份和星期。

			_____ 월			

월요일	화요일	__요일	__요일	금요일	__요일	일요일
	1	2	3	4	5	6
			오늘			
7	8	9	10	11	12	13

3 請聽以下六則對話，對話中的人在做什麼、做了什麼，請在正確的圖片打 V。

①  　　②

③  　　④

⑤  　　⑥

4 下面是一週的行程表。請仔細聽，將聽到的內容填入正確的空格裡。

10월

월	화	수	목	금	토	일
5	6 학교	7 ___	8 ___	9 ___ ___시	10 ___	11 영화 ___시

5 請聽以下四則對話，將答案填入下方空格中。

❶
업무 시간

오전 ____ 시 ~ 오후 4시

✿ 하나은행

❷
남산 도서관 여는 시간

평일: 오전 8시 ~ 오후 10시

주말: 오전 8시 ~ 오후 ___ 시

❸
월요일 회의, _____시, 113호

화요일

· · · · · ·

❹
여자 친구하고 콘서트 가기

시간: _____요일 _____시

장소: 커피숍

以下是金珉秀的日程。請仔細聽，寫下符合對話內容的時間或星期。

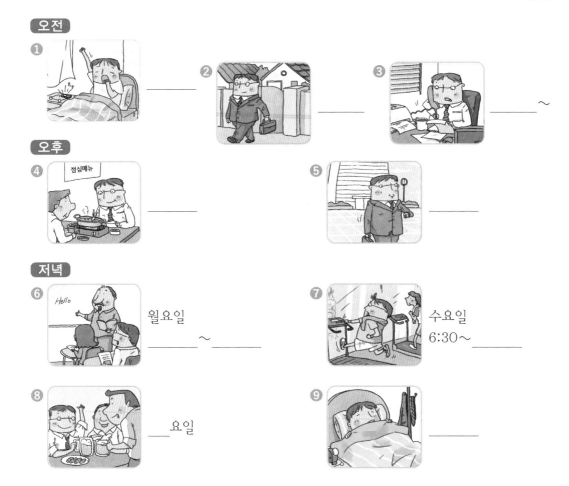

오전

① ── ② ── ③ ~

오후

④ 점심메뉴 ── ⑤

저녁

⑥ Hello 월요일 ── ~ ── ⑦ 수요일 6:30~ ──

⑧ ── 요일 ⑨ ──

聽力小技巧！

請仔細聽說話時被強調的單字。

　　仔細聆聽說話時被強調的字，了解被強調的字可以幫助理解整個對話。如果問的問題是與時間相關，回答中的時間會被強調。如果問的問題是關於某人正在做的事情，在回答中與行為相關的字就會被強調。

　　表達時間時，你應該使用純韓文並加上「시」代表小時（例如한 시）；用漢字數字並加上「분」代表分鐘（例如삼십 분）。

發音

①6월 [유월] ②10월 [시월] ③월요일 [워료일] ④일요일 [이료일]

⑤몇 시 [멷씨]：ㅊ作為終聲子音時，會發音為ㄷ[t]。當最後的ㅊ後方緊接著ㅅ，ㅅ的發音會是硬音ㅆ。（注意：在這裡ㄷ的聲音會幾乎消失。）

⑥끝나다 [끈나다]：當終聲子音ㅌ[t]後方緊接著初聲子音ㄴ時，ㅌ會發音為ㄴ。

活動　활동

1　以下是我們每天要做或可以做的事情，請說看看這些是什麼活動，除此之外又做了什麼事情？

2　請參考上面的活動，試著在下表中寫下各位的日程，並與旁邊的人用韓文討論看看。

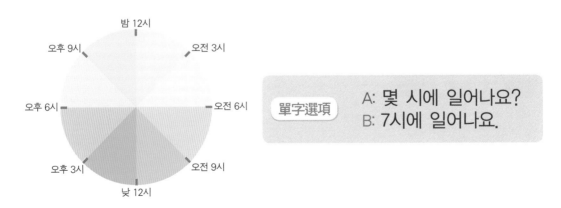

單字選項

A: 몇 시에 일어나요?
B: 7시에 일어나요.

單字和短句

單字

–년 年	**돌아오다** 回來	**시간** ① 時間 ② 小時	**일어나다** 起來、起床
–동안 期間 예 1시간 동안 一個小時的時間	**듣다 (들어요)** 聽	**아침** 早上	**일요일** 星期日
–분 分	**만나다** 見面	**어제** 昨天	**일하다** 做事
–시 時	**먹다** 吃	**언제** 什麼時候？	**자다** 睡覺 예 잠을 자다 上床睡覺
–요일 星期	**며칠** 幾天、幾號？	**업무 시간** 工作期間、 營業時間	**장소** 場所、地點
–월 月	**목요일** 星期四	**열다** 開啟	**점심** 午餐
–일 日	**배우다** 學習	**영화** 電影	**주말** 週末
–호 號 예 113호 113 號房	**보다** 看	**오전** 早上、上午	**지금** 現在
가르치다 教	**산책하다** 散步	**오후** 下午	**토요일** 星期六
금요일 星期五	**생일** 生日	**운동하다** 運動	**평일** 平日
끝나다 結束	**수업** 課程、課 예 수업을 듣다 聽課	**월요일** 星期一	**화요일** 星期二
내일 明天	**수요일** 星期三	**이번** 這次 예 이번 주 這禮拜	**회의** 會議

短句表達

오늘이 며칠이에요?
今天是幾號？

오늘이 6월 17일이에요.
今天是 6 月 17 日。

오늘이 무슨 요일이에요?
今天是星期幾？

수요일이에요.
是星期三。

언제 회의가 있어요?
什麼時候要開會？

11시에 회의가 있어요.
11 點有場會議。

몇 시에 친구를 만나요?
幾點要跟朋友見面？

7시에 친구를 만나요.
7 點要跟朋友見面。

Unit 06 | 집에 어떻게 가요?

你要怎麼回家？

課前暖身 준비

1 　請從單字選項中選出符合下方照片的交通工具，然後請說說看，上學或上班時使用了哪項交通工具。

單字選項	버스	지하철	기차	택시
	자동차	비행기	자전거	걸어서 간다

❶ 　❷ 　❸ 　❹

❺ 　❻ 　❼ 　❽

2 　以下標誌可以在哪裡看到？

❶ 　❷ 　❸

❹ 　❺ 　❻

1 請聽每一則對話內容，從下方圖片中選出正確的交通工具，把編號寫下來。 🎧032

❶ 호텔 　－ ☐ 　　　❷ 학교 　　－ ☐

❸ 집 　　－ ☐ 　　　❹ 슈퍼마켓 － ☐

❺ 회사 　－ ☐ ➡ ☐ 　❻ 서울역 　－ ☐

2 請仔細聽每一則對話內容，在空白處填入符合內容的正確答案。 🎧033

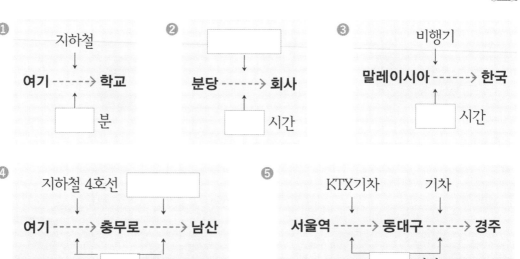

3　請仔細聽對話內容，依對話播放順序寫下正確編號。

4　請從單字選項中找出下列廣播可以在哪裡聽到，並將答案寫下來。

單字選項	버스	지하철	기차	비행기

❶ _____

❷ _____

❸ _____

❹ _____

5 請聽對話內容,並回答以下兩道問題。

① 保羅會怎麼過去,請依行動順序寫上編號。

② 這是寫著保羅前往方式的便條紙,請再聽一次對話內容並填妥下表。

어디에서 ---→	어디까지	교통수단	걸리는 시간
지금 있는 곳 ---→	_____	_____	
서울역 ---→	부산역	_____	_____
부산역 ---→	해운대역	_____	_____
해운대역 ---→	집	_____	_____

聽力小技巧!

請先了解韓國的地名。

　　如果你有時間,要學好韓國地名和人名的正確名稱。了解這些內容會幫助你更輕易地抓到關於人和地方的資訊,如此一來,對於聽到的句子就有超過一半的理解了。在這個單元中提到的地名包含明洞、水原市、盆唐、光化門、舍堂、新村站、海雲臺、現代公寓和樂天百貨。把這些和其他地名學起來。

發音

①시청역 [시청녁]:역的初聲子音ㅇ會變音為ㄴ,因為它接在終聲子音ㅇ之後。

②백화점 [배콰점]:當終聲子音ㄱ[g] 的後方緊接著初聲子音ㅎ[h],ㄱ和ㅎ會結合,發音為ㅋ[k]。

活動 활동

1　請看地鐵路線圖，下方這些場所該怎麼去，請套用範例句型表現以完成對話。

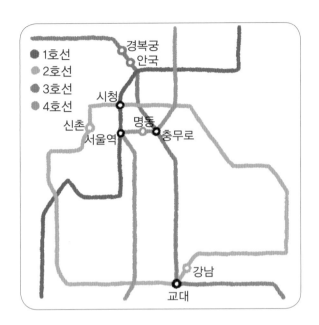

範例

A: _____에 어떻게 가요?
B: 지하철 타세요
A: 몇 호선을 타요?
B: ____호선을 타세요. 그리고_____역에서____호선으로 갈아타세요.

❶ 명동 ----> 경복궁

❷ 강남역 ----> 인사동(안국역)

❸ 신촌 ----> 서울역

2　下面是公車價目表，請試著讀讀看。

	교통 카드	현금
어른	1,200원	1,300원
청소년	900원	1,100원
초등학생	600원	600원

單字和短句

單字

-쯤
左右、大約
[예] 한 시간쯤
大約一小時

-호선
號線
[예] 1호선 一號線

가깝다 (가까워요)
近、接近

갈아타다
換乘、轉乘
[예] 갈아타는 곳
轉乘地點

걷다 (걸어요)
走路
[예] 걸어서 가다
用走的去。

걸리다
花（時間）

경주
慶州（地名）

교통수단
交通工具

기차
火車

나가다
出去
[예] 나가는 곳 出口

내리다
下降、降落

닫다
關

도착(-하다)
抵達

롯데 백화점
樂天百貨公司

매다
綁、繫、束
[예] 안전벨트를 매다
繫上安全帶

배
船

버스 정류장
公車站

비행기
飛機

빠르다 (빨라요)
快

어른
長輩、大人、成年人

얼마나
多麼、多少

역
車站
[예] 서울역 首爾站

요금
費用
[예] 버스요금 公車費用

이륙하다
起飛、升空

자동차
汽車 [유] 차

자전거
腳踏車

저쪽
那裡、那邊

적다
寫、紀錄

지하철
捷運、地鐵

청소년
青少年

초등학생
小學生

출발하다
出發

출입문
車門、機艙門、
閘門

타다
乘坐
[예] 택시 타는 곳
計程車乘車處

편하다
便利、舒服、舒適

표
票

短句表達

집에 어떻게 가요?
你要怎麼回家？

지하철로 가요. / 지하철 타고 가요.
我搭捷運回家。／我搭地鐵回家。

지하철 몇 호선을 타요?
要搭地鐵幾號線？

2호선을 타세요.
請搭 2 號線

3호선으로 갈아타세요.
請換 3 號線。

부산에 어떻게 가면 돼요?
要怎麼去釜山？

서울역에서 KTX 타세요.
請在首爾站搭 KTX。

얼마나 걸려요?
需要花多久的時間？

여기 세워 주세요.
請在這邊停車。

한 시간쯤 걸려요.
大概會花一小時。

서울역 다 왔습니다.
快到首爾站了。

안전벨트를 매주시기 바랍니다.
請繫好您的安全帶。

Unit 07 취미가 뭐예요?
你的興趣是什麼？

課前暖身 준비

1 　請從單字選項中，找出與下圖活動相對應的詞彙。

單字選項	수영	축구	스키	기타
	요가	테니스	피아노	자전거

2 　上方單字應該與以下哪個動詞一起使用，請填入正確的欄位。

❶ 하다	❷ 치다	❸ 타다

1 請仔細聽對話內容，依播放順序將編號填入下圖中。

①

②

③

④

2 請仔細聽對話內容，在符合對話內容的興趣打 V。

①

②

③

④

3 請聽每一則對話內容，將女子經常做的事情打 O，不常做的事情打 X。

❶

❷

❸

❹

4 請仔細聽對話內容，依對話播放順序寫上編號。

❶ 　　❷ 　　❸ □　　❹ □

콘서트	영화	사진전	야구 경기
지훈과 함께	친구	유럽인의 눈으로 본 **한국**	**두산 : LG**
성남 아트홀 8월 15일 오후 9시	**3월 17일 개봉** 중앙극장	**일시**: 7.2 (목)~8.30 (일) **장소**: 디자인 한양 미술관 **문의**: 02)580-1705~6 **홈페이지**: www.artist.com	**장소**: 잠실 야구장 **일시**: 4월 2일 (일요일) 오후 4시 **문의**: 031)790-3294

5　俊昊（준호）、莎菈（사라）、莉莉（릴리）在討論周末都做些什麼事情。
請仔細聽對話內容，看看誰做了什麼事，把韓文名字填入空格裡。

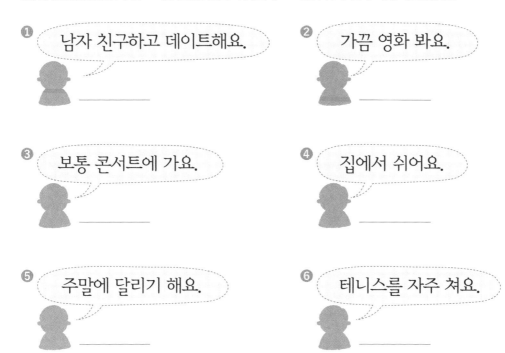

❶ 남자 친구하고 데이트해요.

❷ 가끔 영화 봐요.

❸ 보통 콘서트에 가요.

❹ 집에서 쉬어요.

❺ 주말에 달리기 해요.

❻ 테니스를 자주 쳐요.

聽力小技巧！

請利用歌曲、電影、電視劇。

　　當你在學習一種外語時，聆聽或收看那個語言的歌曲、電影或電視劇，會是非常有用的方法。你可以在聆聽歌曲的時候理解歌詞的意義，並透過電影或電視劇學到單字，同時了解文化和習俗。

發音

①좋아요 [조아요], 좋아하다 [조아하다]：當 ㅎ [h] 是終聲子音，且後方緊接著一個母音時，ㅎ [h] 不發音。

②같이 [가치]：當終聲子音 ㅌ 後面接著母音 이 時，兩個發音會結合，而第二個音節會發音為치。

活動 활동

1   請用下方提供的休閒活動，試著造出跟「範例」一樣的對話內容。

> 範例
>
> 가: 텔레비전 자주 보세요?
> 나: 아니요, 가끔 봐요. 바빠서 자주 못 봐요.

	매일	자주	가끔	전혀 안/못
텔레비전 보다			✓	
미술관 가다				
자전거 타다				
컴퓨터게임 하다				
등산하다				
콘서트 가다				
골프 치다				
_____				

2   以下是講座公告，請各位試著說出你對下列的哪個講座感興趣。

서울 백화점 문화센터

기간: 7월 1일 ~ 9월 30일 (3개월)
장소: 서울 백화점 8층

기타	매주 토요일 16시~17시	9만 원
재즈 댄스	매주 토요일 16시~17시	9만 원
요가	매주 월요일 오전 10시~11시	9만 원
사진	매주 수요일 18시~20시	12만 원
케이크 만들기	매주 수요일, 금요일 오전 11시~1시	24만 원
일본어	매주 화요일, 목요일 오전 10시~11시	24만 원

單字

개봉(-하다)
首映、上映

달리기(-하다)
跑步

수영(-하다)
游泳

장소
場所、地點

경치
風景、景色

데이트하다
約會

쉬다
休息

전시회
展覽會

관심(-이 있다)
關心、有興趣

듣다 (들어요)
聽

안내문
說明、介紹、指南

전혀
完全不、根本沒有
예 수영 전혀 못 해요.
完全不會游泳。

구경(-하다/가다)
欣賞、參觀

등산(-하다/가다)
登山

야구
棒球
예 야구장 棒球場

좋아하다
喜歡

그래도
即便如此、可是

매주
每週

영화
電影

축구(-하다)
（踢）足球

그리다
描繪、畫圖

매일
每天

운동
運動

취미
興趣、嗜好

그림
圖片、圖畫

문의
詢問、查詢

음악
音樂

컴퓨터 게임(-하다)
（打）電腦遊戲

극장
劇場

문화 센터
文化中心

일시
日期與時間

탁구(-치다)
（打）桌球

기간
期間、日期

미술관
美術館

자주
經常

테니스(-치다)
（打）網球

노래방
練歌房、KTV

보통
普通、一般、通常

잘
好、擅長
반 잘 못
不好、不擅長
예 수영 잘 못 해요.
我不擅長游泳。

다니다
往返、進進出出
예 사진 배우러 다녀요. 去學攝影

사진
照片
예 사진을 찍다 照相

短句表達

취미가 뭐예요?
你的興趣是什麼？

테니스를 좋아해요.
我喜歡打網球。

등산이에요.
登山。

운동 자주 하세요?
您經常做運動嗎？

시간 있을 때 뭐 하세요?
當您有空的時候會做什麼？

매일 수영해요
我每天游泳。

음악 듣는 거 좋아해요.
我喜歡聽音樂。

피아노를 잘 쳐요?
你很會彈鋼琴嗎？

무슨 운동을 좋아하세요?
你喜歡什麼運動？

피아노를 잘 못 쳐요.
我不太會彈鋼琴。

휴가 어땠어요?
假期過得如何？

1 以下是休假時可以做的事情。請從你最想先去做的事情開始依序寫下編號。

2 在各位的國家，通常假期是什麼時候？大家假期通常會做什麼？

1 請仔細聽每一則對話內容，依播放順序，在正確的度假地點寫下編號。

① 　② 　③

④ 　⑤ 　⑥

2 三個人分別在說自己旅行時需要的物品。請仔細聽對話內容，看看哪些是誰需要的東西，分別標上各自的編號。（第一個人需要的東西寫1，以此類推）

① 　② 　③ 　④

⑤ 　⑥ 　⑦ 　⑧

⑨ 　⑩ 　⑪ 　⑫

⑬ 　⑭ 　⑮

3　人們正在談論幾個度假地點。請仔細聽，看看在說哪個地點，在下方地圖依序寫上編號。 🎧047

4　請再聽一次第三題，將哪個度假地點可以進行以下哪項活動，依照聽力內容在下方寫上度假地點編號。 🎧048

☐ 온천　　　　　　　　　☐ 숲길 산책

☐ 미술관 방문　　　　　　☐ 스쿠버 다이빙

☐ 스키　　　　　　　　　☐ 신혼여행

☐ 자전거 여행　　　　　　☐ 등산

☐ 나이트클럽에서 춤추기

5 兩個人在談論上次休假的事情。請仔細聽,看看假期到底如何,請在下表打 V。

	경치 / 볼거리	쇼핑	음식	사람	호텔
아주 좋았다					
어떤 것은 좋았다					
별로 안 좋았다					

6 以下是馬克在假期間做的事情。請仔細聽,依發生順序寫上編號。

聽力小技巧!

聽到兩次以上相同內容的時候,請好好利用這兩次的機會。

在一些聽力練習或測驗中,同一個段落會播放兩次。在聽第一次的時候,你可以試著抓到話者想表達的主旨,聽第二次的時候再試著理解細節。

發音

①좋았겠어요 [조알께써요]、②괜찮았어요 [괜차나써요]、③하잖아요 [하자나요]:當終聲子音 ㅎ 後方緊接著一個初聲母音時,終聲子音不發音。ㄴ 的發音會與後方音節的初聲子音連音,如同上方的②和③。

④여권 [여꿘]:第二個音節中的初聲子音 ㄱ,發音會是硬音 ㄲ。

⑤첫날 [천날]:當作為終聲子音的 ㅅ 後方緊接著作為初聲子音的 ㄴ 時,ㅅ 發音為 ㄴ。

活動 활동

1 以下是旅遊網站上對旅遊地點的評價。請仔細閱讀，試著如下方網頁一樣，針對各位去過的旅行地點或旅遊寫下評價。

제목	평가글	작성일	점수
스키＋선샤인 호텔 패키지	호텔 최고	2018.01.24	★★★★★
설악산 가을 단풍 여행	좋았습니다.	2017.10.30	★★★★★
제주 올레길 걷기	아름다운 길을 걸어서 너무 좋았어요.	2017.9.22	★★★★★
롱비치 해변	사람 너무 많고 가게가 비싸요.	2017.8.15	★
경주 고속철도 당일 여행	편한 기차 그러나 여행 시간 부족	2017.7.1	★★★
자전거 여행	자전거 도로 안내가 더 필요해요.	2017.5.17	★★

2 以下是某人旅行回來之後，在網路部落格上寫的評論和照片。請仔細閱讀，將相對應的照片編號填入空格中。

안동 여행 일정: 버스로 안동으로 출발 ---> 점심으로 안동 찜닭 ---> 하회마을 ---> 하회 탈춤 구경 ---> 서울로 돌아옴

☐ 친구들과 안동에 갔다. 시외버스 터미널에서 9시 버스를 타고 안동으로 출발. 세 시간 걸렸다.

☐ 안동에 도착해서 먼저 안동에서 유명한 찜닭을 먹으러 갔다. 좀 매웠지만 맛있었다.

☐ 점심 먹고 하회마을로! 하회마을은 한국의 옛날 집들이 많다. 거기는 지금도 사람들이 살고 있다. 집들이 아주 예뻤다.

☐ 안동은 또 탈춤으로 유명하다. 하회 탈춤을 구경하고 탈춤 옷을 입고 사진도 찍었다. 저녁에 서울로 돌아왔다. 아주 한국적이고 재미있는 여행이었다.

單字

건물
建築物

겨울
冬天

경치
風景、景色

고속철도
高速鐵路（高鐵）

관광 안내 책
觀光導覽手冊

기념품
紀念品

깨끗하다
乾淨、整潔

낚시
釣魚

넓다
寬、寬闊、寬廣

단풍
楓葉

당일
當天
예 당일 여행
當天來回的旅行

도로
道路、馬路

돌아보다
回想、回頭看

등산복
登山服

등산화
登山鞋

마을
村子、村莊

방문(-하다)
訪問

방학
（學校）放假

별로
不怎麼樣

볼거리
值得看的

부족하다
不足、不夠

빌리다
借

섬
島嶼

수영복
泳裝

숲
樹叢
예 숲길 林間小路

시골
鄉村

신혼여행
蜜月旅行

여권
護照

여름
夏天

예술품
藝術品

옛날
古時候、從前

온천
溫泉

운전면허증
駕照

유명하다
有名

젊은 사람
年輕人

조용하다
安靜

지도
地圖

최고
最好、最棒、第一、最高

출발(-하다)
出發、開始、起步

친절하다
親切

침낭
睡袋

해변
海邊
예 바닷가

해외
海外

호수
湖

휴가
休假

短句表達

휴가 잘 갔다 왔어요?
假期過得好嗎？

네, 잘 갔다 왔어요.
是的，順利回來了。

지도를 가지고 가요.
帶了一張地圖。

사진을 찍어요.
拍照。

텐트를 쳐요.
搭帳篷。

무엇이 제일 좋았어요?
哪個最好？

온천이 유명해요.
溫泉很有名。

Unit 09 | 비빔밥 하나 주세요
請給我一份拌飯

1 請從單字選項中，找出與各照片相符的單字並寫在圖片旁。

| 單字選項 | 주문 | 예약 | 배달 | 포장 |

2 請從短句選項中，找出與以下狀況相符的短句表達填入圖片中。

| 短句選項 | 잘 먹겠습니다. | 잘 먹었습니다. | 많이 먹었어요. |

1 請仔細聽對話內容，在正確的圖片上依序寫上編號。

❶
❷
❸

❹
❺

2 請再聽一次第一題的聽力內容，並勾選正確答案。 053

❶ 손님이 모두 두 명이다. ☐　　손님이 모두 세 명이다. ☐

❷ 비빔밥을 주문한다. ☐　　김밥을 주문한다. ☐

❸ 음식을 더 먹는다. ☐　　음식을 다 먹었다. ☐

❹ 음식값을 카드로 냈다. ☐　　음식값을 현금으로 냈다. ☐

❺ 불고기 버거와 콜라를 ☐　　불고기 버거와 콜라를
　포장해 간다.　　　　　　　식당에서 먹는다.

3 請聽以下問題，在每個問題的正確回答前依序寫上編號。 🎧054

❶ ☐ 두 명이에요.

❷ ☐ 물 좀 더 주세요.

❸ ☐ 네, 포장해 주세요.

❹ ☐ 아니요. 예약 안 했어요.

❺ ☐ 비빔밥 하나하고 맥주 한 병 주세요.

4 請仔細聽每一則對話內容，將正確的內容填入空格中。 🎧055

❶
예약 사항

날짜: 2월____일____요일

시간: ____시

예약 인원: ____명

손님 이름: 이수진

연락처: 010-____-____

❷
주문서
테이블 번호: 2

불고기____인분

갈비____인분

냉면____인분

된장찌개____인분

소주____병

맥주____병

❸
배달 주문

주소: 현대 아파트 3동____호

불고기 피자____판 (큰 것, 작은 것)　　콜라　　____병

야채 피자____판 (큰 것, 작은 것)　　사이다　　____병

해물 피자____판 (큰 것, 작은 것)　　맥주　　____병

치즈 피자____판 (큰 것, 작은 것)

5 兩個人正一邊看著網站一邊談論餐廳。請仔細聽，在挑選的餐廳旁打 V 並寫下挑選該餐廳的原因，而其他餐廳為何他們沒選，也請把理由寫下來。 🎧056

http://www.ezday.co.kr/keyword/food8.html?q_cd_from3=맛집찾기

통합검색 ▾ | 검색

평점순 | 리뷰순 | 가나다순 | 등록순

식당

❶ 한식 맛김치 삼겹살
맛있는 김치 삼겹살, 친절한 직원
음식값이 싸다.
이유: _____

❷ 양식 지노
스테이크와 샐러드, 케익이 맛있다
지하철역에서 3분
이유: _____

❸ 일식 스시
넓고 깨끗하다, 싱싱한 생선
넓은 주차장
이유: _____

❹ 한식 기와집
전통 한국 음식
한정식 4만 원, 5만 원, 6만 원
주말 할인
이유: _____

聽力小技巧！

聽到重要訊息時，請作筆記。

在商業或交易情境中，例如點菜或訂位時，你必須清楚傳達你的需求並了解回應。由於很多資訊可能會濃縮在一小段時間內出現，你應該寫筆記。這在進行聽力考試時會非常有幫助。如果你覺得用韓文寫筆記很難，你應該用你的母語書寫以提昇筆記速度。

發音

①음료수 [음뇨수]：當終聲子音ㅁ後方緊接著初聲子音ㄹ時，ㄹ發音為ㄴ。
②연락처 [열락처]：當終聲子音ㄴ後方緊接著初聲子音ㄹ，ㄴ發音為ㄹ。
③없으세요 [업스세요]：雙子音終聲ㅄ中的ㅅ會在接續的音節中與母音結合 [업스]，而不會在第一個音節中發音。
④넓고 [널꼬]：ㅂ的發音會從ㄼ削弱，接續的ㄱ發音會是硬音ㄲ。
⑤맛있어요 [마시써요]：當一個終聲子音後方緊接著一個初聲母音時，終聲子音會與母音結合，並在第二個音節中發音，而非在前面的音節中發音。

1　請看下面的菜單，並試著點餐。

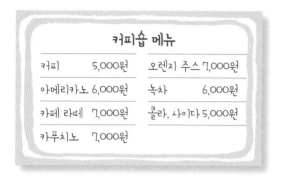

커피숍 메뉴

커피	5,000원	오렌지 주스	7,000원
아메리카노	6,000원	녹차	6,000원
카페 라떼	7,000원	콜라, 사이다	5,000원
카푸치노	7,000원		

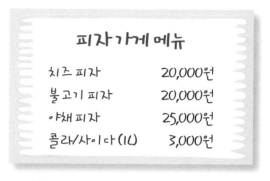

피자가게 메뉴

치즈 피자	20,000원
불고기 피자	20,000원
야채 피자	25,000원
콜라/사이다(1L)	3,000원

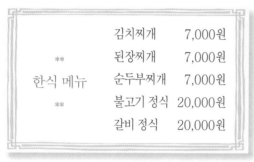

한식 메뉴

김치찌개	7,000원
된장찌개	7,000원
순두부찌개	7,000원
불고기 정식	20,000원
갈비 정식	20,000원

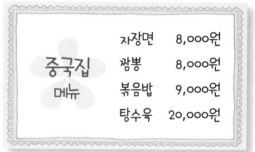

중국집 메뉴

자장면	8,000원
짬뽕	8,000원
볶음밥	9,000원
탕수육	20,000원

2　請選一家你去過的餐廳，並參考下表試著評價那間餐廳。

식당 이름:

메뉴:　　　　　　　　　　위치:

음식 맛	☆☆☆☆☆	맛있다	보통이다	맛없다
서비스	☆☆☆☆☆	친절하다 음식이 빨리 나온다	보통이다	친절하지 않다 음식이 늦게 나온다
분위기	☆☆☆☆☆	편안하다 조용하다 깨끗하다 넓다 경치가 좋다		편안하지 않다 시끄럽다 깨끗하지 않다 좁다 경치가 좋지 않다
음식 값	☆☆☆☆☆	싸다	보통이다	비싸다
교통	☆☆☆☆☆	편리하다 지하철역에서 가깝다 주차장이 있다		불편하다 멀다 주차장이 없다

單字和短句

單字

2인분
兩人份

갈비
排骨

김치
泡菜

깨끗하다
乾淨、整潔

나오다
出來、出現

내다
繳交
예 카드로 내다
用信用卡付款。

냉면
冷面

다양하다
多樣、各式各樣

더
更、更加

된장찌개
大醬湯
（韓國傳統食物）

멀다
遠

모두
全部

배달(-하다)
快遞

보통이다
普通、一般般

분위기
氣氛

불고기
烤牛肉

불편하다
不便利、不舒服、
不舒適

삼겹살
五花肉

생선회
生魚片

서비스
服務、贈送

손님
顧客

시키다
點（菜）、使、讓

싱싱하다
新鮮

야채
蔬菜

양식
西餐

연락처
聯絡方式

예약(-하다)
預約、預定

예약 사항
預約事項

인원
成員、人員

일식
日式料理

전통
傳統

좁다
窄、小

주문(-하다)
訂購、點餐
예 주문서 訂單

주차장
停車場

직원
職員、工作人員

편안하다
舒服的、舒適的、
平安的

평점
評分

포장(-하다)
包裝

한식
韓式料理

한정식
韓定食

해물
海產

현금
現金

短句表達

여기요.
這裡。（適用於呼叫服務生）

주문 좀 받으세요.
我要點餐。

뭐 드시겠어요?
您要點什麼？

뭘 드릴까요?
要為您送上什麼餐點呢？

갈비 2인분 주세요.
請給我兩人份的排骨。

가지고 가실 거예요?
您要外帶嗎？

배달 되지요?
可以叫外賣嗎？

예약하려고 하는데요.
我想要預約。

맛있게 드세요.
請好好享用。

잘 먹겠습니다.
開動了。

잘 먹었습니다.
吃得很開心。

Unit 10 새해에는 운동을 할 거예요

我將在新的一年開始運動

課前暖身 준비

1 以下是未來可以做的一些事情，請從單字選項中選出正確的詞彙，並試著寫下來。

> **單字選項**
> 졸업하다　결혼하다　취직하다　세계 여행을 하다
> 사업하다　책을 쓰다　부자가 되다　퇴직하다
> 외국어를 배우다

2 各位對未來有什麼規劃嗎？請試著在下表中寫下未來的計劃。

6개월 후	1년 후	5년 후	10년 후

1　兩個人在談論未來。請仔細聽，將每一則對話預計執行的時間寫下來。

_____

_____

_____

_____

_____

_____

2　請仔細聽，聽聽對話內容提及將去做什麼事情，在正確的圖片打V。

3　幾個人在討論一週計畫，請仔細聽，將對話內容填入下表。

❶
수요일	오전 _____
	오후 5시 세미나
	저녁 7시 _____

❷
월요일	_____
화요일	런던 _____
__요일	서울에 돌아옴

❸
토요일	_____ 오심 (청소, 요리)
일요일	오전: _____
	오후: 영화

❹
화요일	6:30 _____
목요일	7:00 _____
토요일	친구하고 술

4　兩個人正在聊新年計畫，請仔細聽，將計畫和理由填入空格裡。

❶
새해에는
_____을/를 하겠다.
이유:

❷
새해에는
_____을/를 하겠다.
이유:

❸
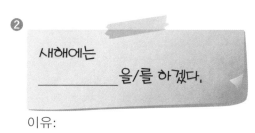
새해에는
_____을/를 사겠다.
이유:

❹
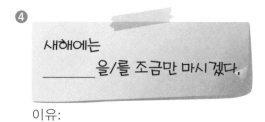
새해에는
_____을/를 조금만 마시겠다.
이유:

❺
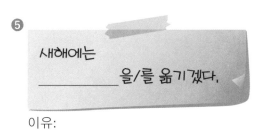
새해에는
_____을/를 옮기겠다.
이유:

5 　請聽對話內容，找出屬於該所大學的選項後畫線連結，並在話者選擇的大學
　　打V。 🎧062

❶ 교통이 편리하다 　　　　　　・

❷ 복잡하다 　　　　　　　　　・ 　　・**한국대학교**

❸ 조용한 곳에 있다 　　　　　・

❹ 기숙사가 있다 　　　　　　・

❺ 좋아하는 교수님이 있다 ・ 　　・**우정대학교**

❻ 등록금이 비싸다 　　　　　・

❼ 장학금이 있다 　　　　　　・

聽力小技巧！

請仔細聽韓國人說話的語調。

　　仔細聆聽對話中的語調。通常語調會在問句結尾時上揚，在陳述句的結尾下降。然而，包含疑問詞（疑問句）的問句結尾語調則不會上揚。透過語調可以很容易地發現問句是否需要「是」或「否」的回覆，或需要針對特定的疑問句給予答覆。

發音

①편리 [펼리]：當終聲子音ㄴ後方緊接著初聲子音ㄹ時，發音為ㄹ。
②싫어요 [시러요]：ㅎ在ㅀ中作為終聲子音時不發音，而當ㄹ後方緊接著一個母音時，ㄹ會被帶到下一個音節中。
③옮기다 [옴기다]：ㄹ在ㄻ中作為終聲子音時不發音。

1 以下是我們日常生活過去與現在的面貌，請試著談論看看未來會變成什麼樣。

2 請試著寫下各自未來的計畫。

미래의 우리 집
① 큰 도시 / 작은 도시 / 시골?
② 주택 / 아파트?

미래의 우리 가족
① 누구 누구? / 몇 명?
② 요리와 청소는 누가?

미래의 나의 직업
① 무슨 일?
② 몇 살까지?

單字和短句

單字

건강 健康	**등록금** 註冊費	**아마** 也許、可能	**직장** 職場、工作單位
결혼(-하다) 結婚	**뚱뚱하다** 肥胖	**아직(-도)** 還沒	**청소(-하다)** 掃除、清潔
계획 計畫	**미래** 未來	**아파트** 公寓	**출장(-가다)** 出差
과거 過去、過往	**받다** 接收	**약속** 約定	**취직(-하다)** 就業
교수 教授	**복잡하다** 複雜	**옮기다** 移動、搬遷	**통신 수단** 通訊工具
기숙사 宿舍	**부자** 有錢人	**외국어** 外語	**퇴직(-하다)** 退休
나쁘다 (나빠요) 壞	**사업(-하다)** 事業（做生意）	**요리(-하다)** 料理	**특별하다** 特別
내일 明天	**새해** 新年	**장학금** 獎學金	**편리하다** 方便、便利
다음 下一個、下一次	**세계 여행(-하다)** 環遊世界	**졸업(-하다)** 畢業	**피곤하다** 疲憊
돌아오다 回來	**시내** 市區	**주택** 住宅	**현재** 現在、目前
돕다 (도와요) 幫忙	**싫다** 討厭	**직업** 職業	**회의(-하다)** 會議（開會）

短句表達

이번 주말에 뭐 할 거예요?
這個週末要做什麼？

집에서 쉴 거예요.
我要在家休息。

졸업 후에 뭐 할 거예요?
畢業後要做什麼？

취직할 거예요.
我要就業。

다음 주 계획이 어떻게 돼요?
下週有什麼計劃嗎？

런던으로 출장갈 거예요.
我要去倫敦出差。

새해에는 무슨 계획이 있어요?
新年有什麼計畫嗎？

특별한 계획이 없어요.
沒有特別的計劃。

잘 모르겠어요.
我不太清楚。

Unit 11 | 머리가 아파요
我頭痛

課前暖身 준비

1　試著了解一下人體各部位的名稱。

| 單字選項 | 눈　코　입　귀　목　손　팔
발　배　머리　어깨　허리　무릎　다리 |

2　請看以下圖片，圖中人物哪裡不舒服，請從選項中找出答案並寫下來。

| 選項 | 기침을 하다　머리가 아프다　콧물이 나다
열이 나다　다리를 다치다　배가 아프다 |

1 　請仔細聽對話內容，話者哪裡不舒服，請在圖片上依序寫下正確編號。

2 　請仔細聽對話內容，寫下不舒服的人身體不適的原因。

3 　請仔細聽，將對話內容填入正確的空格中。

❶

증상
목이 아프다.
_____ 가 아프다.

이유
컴퓨터로 일을 많이 한다.

처방
_____ 시간 마다 쉰다.
_____ 운동을 한다.

❷

증상
_____ 을 다쳤다.

이유
넘어졌다.

처방
약 바르고 며칠 _____

❸

증상
_____

이유
남자 친구와 헤어졌다.

처방
_____ 을 한다.

❹

증상
_____ 가 아프다.

이유
_____ 를 너무 많이 먹었다.

처방
약을 먹고 _____ 을 많이 마신다.

4　請聽對話內容，將下列圖片依照發生順序填入編號。

2 ─ □ ─ □ ─ □ ─ □ ─ □

❶ 　　❷ 　　❸

❹ 　　❺ 　　❻

5　請再聽一次第四題聽力內容中，醫生和患者的對話，勾選出患者的症狀。

❶ □ 귀가 아프다　　❷ □ 머리 아프다　　❸ □ 기침하다

❹ □ 열이 나다　　❺ □ 배 아프다　　❻ □ 콧물이 나다

聽力小技巧！

去醫院時，請先學好病名與症狀的韓語再去看醫生。

　　用外語去表達病症不是一件容易的事情，因此要確保自己牢記這些與病症相關的字彙，如果突然生病、去看醫生，你才不會覺得慌亂。同時，也要預先思考醫生可能會詢問的問題。

發音

①발/팔：발是一個平音，而팔是激音。ㅂ在單字字首或介於兩個母音之間時，發平音。而ㅍ永遠發激音 [p]。

②오셨어요 [오셔써요]　③마셨어요 [마셔써요]

④콧물[콘물]：當ㅅ作為終聲子音而且後方緊接著作為初聲子音的ㅁ（鼻音）時，ㅅ發音為ㄴ [n]。

活動　활동

1　請看右排列出的看診科別，找出正確的照片畫線連結。

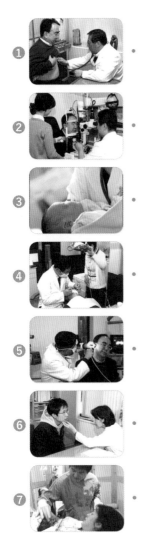

- 안과
- 소아과
- 산부인과
- 이비인후과
- 피부과
- 내과
- 치과

2　請看著圖片中的藥袋回答問題。

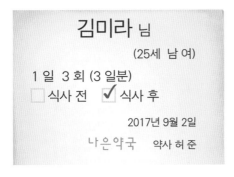

❶ 這個人一天需要吃幾次藥呢？

❷ 什麼時候該吃藥呢？

❸ 藥需要吃幾天呢？

單字和短句

單字

귀
耳朵

기침(-하다)
咳嗽
예 기침이 나다 咳嗽

길
路

내과
內科

넘어지다
倒下、跌倒

노래
歌曲
예 노래를 부르다 唱歌

노래방
練歌房、KTV

눈
眼睛

다리
腿

다치다
受傷
예 다리를 다쳤어요.
腿受傷了。

머리
頭

목
脖子、頸部

목 운동
頸部運動

무릎
膝蓋

바르다 (발라요)
塗、抹、敷、擦
예 약을 발라요. 擦藥

발
腳

배
肚子

붓다 (부어요)
腫
예 발이 부었어요.
腳腫起來了。

뼈
骨頭

산부인과
婦產科

소아과
小兒科

손
手

아프다 (아파요)
痛、生病

안과
眼科

약사
藥劑師

열
熱、燒
예 열이 나다 發燒

우선
優先

이비인후과
耳鼻喉科

이유
原因

입
嘴巴

증상
症狀

진료(-하다)
診療

처방(-하다)
藥方
예 처방전 處方箋

치과
牙科

코
鼻子

콧물
鼻涕
예 콧물이 나요. /
콧물이 나와요.
流鼻涕／鼻涕流出
來了

예
是

팔
手臂

피곤하다
疲憊

피부과
皮膚科

허리
腰

헤어지다
分手
예 남자 친구하고 헤
어졌어요. 我跟男朋
友分手了。

혹시
或許

환자
患者

短句表達

어디가 아파요?
哪裡不舒服？

배가 아파요.
肚子痛。

어떻게 오셨어요?
您是因為什麼問題而來的呢？

감기에 걸렸어요.
感冒了。

어떻게 아프세요?
怎樣不舒服？

몸이 다 아파요.
全身都痛。

얼굴이 안 좋아요.
氣色不好。

약을 처방해 드릴게요.
我開藥給您。

Unit 12 | 여보세요
喂?

1 請看以下圖片，從單字選項中找出這個人在做什麼。

單字選項 전화 걸다　전화 끊다　통화하다　문자를 보내다

❶

❷

❸

❹

2 請讀讀看名片裡的電話號碼。

❶
아리랑
한식 전문

서울시 중구 정동 28
Tel. 02-3582-9700

❷
서울호텔

김수정
서울시 종로구 인사동 35
전화: 02-9301-8746　Fax: 02-9301-8745
이메일: seoulhotel@goomail.com

❸
현대슈퍼

☎ 031) 870-5473

❹
병원 이용시간

월~토: 오전 10:00 ~ 오후 6:00
문의: 063) 359-7078

聽力 듣기

1　請仔細聽，並將電話號碼填入手冊裡。　🎧070

이름	전화번호
유진	432-7898
사라	❶ _____
마르코	❷ 010 - _____ - _____
리에	❸ 010 - _____ - _____
한국대학교	❹ _____

2　請聽每一則對話，如果撥號者有跟想找的人通上電話請打 O，沒有請打 X。　🎧071

❶ ☐　　　❷ ☐

❸ ☐　　　❹ ☐

3　請仔細聽，在符合各通話內容的簡訊前依序填入編號。

❶ ☐

다음 주 우리집 파티
가 취소되었어요.
미안해요.

❷ ☐

[비행기 표 예약 안내]
5월 27일
KE907
서울–런던
14:00~17:45

❸ ☐

오늘 점심 같이 해요.
괜찮으면 1시에
아리랑으로 오세요.

❹ ☐

[우체국 택배]
오늘 5시에 책 배달
합니다.

4　請聽以下自動語音，找出分別是關於什麼的說明，依序填入編號。

❶ ☐ 극장 안내입니다.

❷ ☐ 메시지를 남기세요.

❸ ☐ 전화번호가 바뀌었습니다.

❹ ☐ 전화를 잘못 걸었습니다.

❺ ☐ 지금은 모두 통화 중입니다.

❻ ☐ 나중에 다시 전화하세요.

5 　秀貞打算要舉行派對。她為了告訴朋友派對的事情並詢問他們是否能出席，打電話給他們。請仔細聽，填妥下表並標示他們是否可以出席。

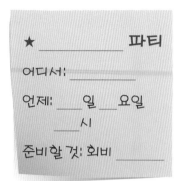

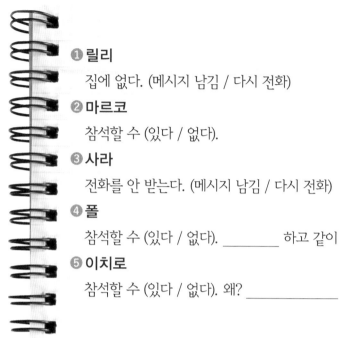

❶ 릴리

　집에 없다. (메시지 남김 / 다시 전화)

❷ 마르코

　참석할 수 (있다 / 없다).

❸ 사라

　전화를 안 받는다. (메시지 남김 / 다시 전화)

❹ 폴

　참석할 수 (있다 / 없다). _____ 하고 같이

❺ 이치로

　참석할 수 (있다 / 없다). 왜? _____

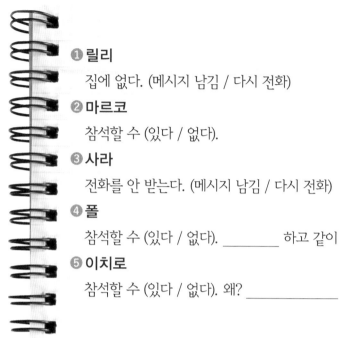

聽力小技巧！

用韓文講電話時不要緊張，請先做好準備。

　　用外語講電話是很容易造成擔憂的事，因此，①在打電話前，先把你想講的寫成筆記；②在聆聽你想要的資訊時要特別專心；③邊聽邊做筆記；④預先學會如何在電話中表達。此外，文法「–(으)ㄴ/는데요」常常在話者期待聽者回答時出現，特別是在電話中。

發音

①전화번호 [저놔버노]：當ㄴ後方緊接著ㅎ時，ㅎ不發音。

②없는데요 [엄는데요]：終聲子音ㅄ的發音只有ㅂ，而ㅂ在鼻音ㅁ之前發ㄴ音。

③끊다 [끈타]：當終聲子音ㅎ後方緊接著初聲子音ㄷ [d] 時，ㄷ [d] 的發音會是氣音ㅌ [t]。

1　請用下方給予的資訊，試著寫出一段通話內容。

❶ 請試著跟朋友約吃飯。

무엇을:	저녁 식사
언제:	내일 7시
어디에서:	한국식당

❷ 請試著跟朋友取消約會。

무슨 약속:	이번 주 토요일에 같이 등산 가기로 했다.
취소 이유:	회사에 일이 생겨서 일해야 한다.

❸ 請試著跟朋友改約。

무슨 약속:	내일 저녁 같이 술 마시기로 했다.
바꾸는 이유:	내일 부모님이 오신다.
다시 약속:	이번 주 금요일 저녁 8시쯤
	치어스 맥주집에서

單字

갑자기
突然

걸다
打（電話）
예 전화를 걸다
打電話
윤 전화하다 打電話

계시다
在（敬語）

꺼지다
關掉
예 전화기가 꺼져 있다. 電話已關機。

끊다
中斷、打斷、
掛斷、切斷
예 전화를 끊다
掛斷電話。

나중에
日後、以後、下次

남기다
遺留、剩下
예 메시지를 남기세요.
請留下訊息。

누르다 (눌러요)
壓、按
예 1번을 누르세요.
請按一號。

늦게
晚、遲、慢

바뀌다
更換
예 전화번호가 바뀌었습니다.
已更換電話號碼。

받다
接收

배달(-하다)
快遞

변경(-하다)
變更
피 변경되다 被變更

보내다
度過、送
예 휴가 잘 보내세요.
祝您度過快樂的假期。

상담원
顧問、諮詢師

상영하다
上映
예 영화를 상영하다
電影上映。

생기다
發生、產生
예 일이 생겼어요.
發生事情了。

안내
諮詢、指南、說明

약속(-하다)
約定、承諾

연결(-하다)
連接
피 연결되다 被連結

예매(-하다)
預售、預購

장소
場所、地點

참석하다
參加、出席

취소(-하다)
取消
피 취소되다 被取消

택배
宅配

통화하다
通電話

확인(-하다)
確認

회비
會費

短句表達

전화번호가 몇 번이에요?
電話號碼是幾號？

전화번호가 어떻게 돼요?
電話號碼是多少？

전화 받으세요.
請接電話。

통화중이에요.
通話中。

폴 씨 계세요?
請問保羅先生在嗎？

전데요.
我就是。

거기 이치로 씨 집이지요?
那裡是一郎先生的家嗎？

그런데요.
是的。

지금 통화 괜찮으세요?
現在方便通電話嗎？

실례지만 누구세요?
不好意思，請問是哪位？

저 수진이에요.
我是秀珍。

잠깐만요/잠시만요/잠깐만 기다리세요.
請稍等一下。

전화 잘못 거셨어요.
您打錯電話了。

메시지를 남겨 주세요.
請留下訊息。

나중에 다시 전화하겠습니다.
之後再打電話給您。

할 수 없지요.
那也沒辦法。

Unit 13 | 표를 예약하고 싶은데요

我想訂票

課前暖身 준비

1. 以下是平常在韓國需要提前預約的地方。在各位的國家也需要預約嗎?除此之外,還有什麼時候需要預約呢?

2. 下列單字是預約什麼東西時需要的詞彙?請了解單字的意思。

왕복	조식	좌석	매진
1박	진료	창가	복도

1　以下是用電話預約的對話內容。它們分別跟哪個地方有關係，請在圖片下方依序寫上編號。

❶ ❷ ❸ ❹

2　請再聽一次第一題的聽力內容，並在下表中寫入正確答案。

❶ 언제:

_____

❷ 영화 제목:

_____

❸ 언제:

_____

❹ 며칠: _____

　　몇 명: _____

3　請仔細聽，並填妥下方看診預約行程表。 (078)

병원 근무 시간:
오전 10:00 ~
오후 _____

점심 시간:
오후 1:00 ~
오후 _____

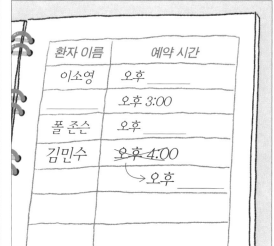

환자 이름	예약 시간
이소영	오후 _____
_____	오후 3:00
폴 존슨	오후 _____
김민수	오후 ~~4:00~~ → 오후 _____

4　請聽以下兩則對話，並從中挑選出各對話正確的預約內容。

① **①**
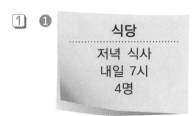
식당
⋯⋯⋯⋯⋯
저녁 식사
내일 7시
4명

②
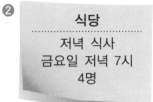
식당
⋯⋯⋯⋯⋯
저녁 식사
금요일 저녁 7시
4명

③
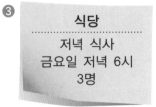
식당
⋯⋯⋯⋯⋯
저녁 식사
금요일 저녁 6시
3명

② **④**
콘서트
⋯⋯⋯⋯⋯
오늘 저녁 7시 30분
바흐 음악
표 두 장

⑤
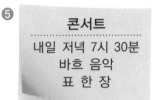
콘서트
⋯⋯⋯⋯⋯
내일 저녁 7시 30분
바흐 음악
표 한 장

⑥
콘서트
⋯⋯⋯⋯⋯
내일 저녁 7시 30분
모차르트 음악
표 두 장

5　請聽對話內容，這個人買的票是哪一張，請在框框內打V。

❶

MOVIE TICKET
영화: 해운대
6:00
2열 19번　　한국시네마

❷
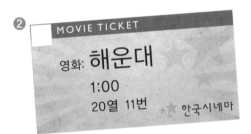
MOVIE TICKET
영화: 해운대
1:00
20열 11번　　한국시네마

❸

MOVIE TICKET
영화: 집으로
7:00
20열 11번　　한국시네마

❹

MOVIE TICKET
영화: 집으로
7:00
2열 19번　　한국시네마

6   請聽對話內容，並在下圖中勾選保羅預約的旅行商品。

①
- 외도 (2일) **149,000원**
- 8월 17일 / 23일 / 28일 출발
- 외도 관광 / 스노클링

②
- 청산도 (2일) **129,000원**
- 8월 18일 / 22일 / 26일 출발
- 청산도 관광 / 낚시

③
- 울릉도·독도 (3일) **299,000원**
- 8월 17일 / 21일 / 25일 출발
- 울릉도 · 독도 관광

④
- 제주도 (3일) **349,000원**
- 8월 18일 / 24일 / 30일 출발
- 유람선 관광 / 한라산 등산

7   保羅旅行回來之後打電話給旅行社。請仔細聽，並回答以下問題。

❶ 保羅為什麼要打電話給旅行社？

❷ 保羅在講哪方面的事情？請具體寫出下方廣告標示的內容與保羅所說的內容。

[서울 출발] 울릉도 · 독도

299,000원

여행 기간	**2박 3일**
교통편	**버스 – 배**
포함사항	**호텔, 교통**
	울릉도 · 독도 관광
	모든 식사 (2박 6식)

聽力小技巧！

請聽到最後。

　　永遠要聽完整個段落，你才能了解段落的推演歷程，而且你想找的答案可能是在最後面。聽完每個句子也很重要，因為韓語中的動詞和其他重要資訊都會出現在句子的最後面。

發音

진료 [질료]：當終聲子音ㄴ後方緊跟著初聲子音ㄹ時，發音為ㄹ。

活動　활동

1 為了去濟州島旅行，打算預訂前往濟州島的機票和酒店。請仔細查看下方網
  站，選出您喜歡的航班和酒店。

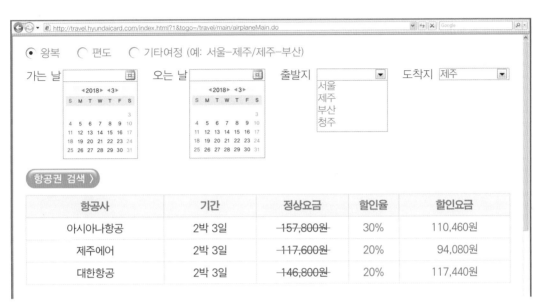

항공사	기간	정상요금	할인율	할인요금
아시아나항공	2박 3일	~~157,800원~~	30%	110,460원
제주에어	2박 3일	~~117,600원~~	20%	94,080원
대한항공	2박 3일	~~146,800원~~	20%	117,440원

單字和短句

單字

-열
列、隊、排
예 20열 二十列。

갔다오다
來回、去過
예 다녀오다

고급
高級

관광(-하다)
觀光

광고
廣告

근무(-하다)
工作、上班

독도
獨島

뒷자리
後面的位子

매진
售罄、販售完畢

묵다
住宿、停留

복도
走廊

불평하다
不滿、抱怨

상품
商品
예 여행상품
旅遊商品

숙박
住宿、投宿

시끄럽다 (시끄러워요)
吵鬧、喧嘩

신청하다
申請

여행사
旅行社

예매(-하다)
預售、預購

예약(-하다)
預約、預訂

온돌방
暖炕房、溫突房
（韓國傳統房間）

왕복
往返

울릉도
鬱陵島

원하다
希望、期盼

위치
位置

유람선
遊輪

이용하다
利用、使用

제공(-하다)
提供

조식
早餐

좌석
座位

창가
靠窗、窗戶旁

최저가
最低價

침대방
有床的房間、西式
的房間

포함 사항
包含事項

항공권
機票
예 비행기 표

혼자
自己一個人

1박
一晚

短句表達

표를 예약하고 싶은데요.
我想訂票。

몇 시 거로 해 드릴까요?
要幫您訂幾點的票？

7시 거로 해 주세요.
請幫我訂七點的票。

언제로 바꿔 드릴까요?
幫您換到什麼時候呢？

금요일 저녁 거로 바꿔 주세요.
請幫我換到星期五晚上的。

예약해 드리겠습니다.
我幫您預約。

예약됐습니다.
已幫您預約完成。

예약이 다 찼습니다.
預約都已經滿了。

매진입니다.
已售罄。／都賣完了。

사전 좀 빌려 주세요

請借我字典

課前暖身　준비

1　以下是向某人請求某事的情況。請試著了解是何種請求？

2　以下短句表達用於什麼時候，請從上方找出相對應的圖片。

❶ 좀 들어 주세요.

❷ 사전 좀 빌려 주세요.

❸ 큰 거로 바꿔 주세요.

❹ 이거 신어 봐도 돼요?

❺ 창문 좀 열어도 돼요?

❻ 실례지만 길 좀 물어봐도 돼요?

聽力 듣기

1 請聽以下對話中的請求，聽聽看分別是在哪個地方提出的請求，依播放順序
寫下編號。 084

①

②

③

④

⑤

⑥

2 請仔細聽，依播放順序填入正確編號。 085

①

②

③

④

⑤

⑥

3　以下是跟請求有關的對話。請寫下分別是什麼請求，若對方答應請打O，拒絕請打X。 🎧086

대화번호	무슨 부탁	O / X
❶		
❷		
❸		
❹		
❺		

4　去旅遊的時候，請室友幫忙做一些需要完成的事情。請在下圖中，勾選拜託室友做的事情。 🎧087

❶ 　❷ 　❸ 　❹

❺ 　❻ 　❼ 　❽

5　請聽對話內容並回答下列問題。 🎧088

❶ 聽力中的人物在百貨公司要求了什麼？

❷ 原因為何？

❸ 請在收據上顧客需要填寫資料的地方打 V。

하나백화점
경기도 성남시 분당구　　　대표 이상호
031-780-3111
2018-05-06
[반품 등록]

상품명	수량	금액
넥타이	-1	-40,000원
합계		-40,000원

주소:
이름:
날짜:
서명:

우체국 KOREA POST		EMS국제특급우편		
From 보내는 사람	전화번호 이름(영문) 주소 Email SEOUL □□□-□□□ Rep. of KOREA		**To** 받는 사람	Tel no Name(영문) Address Post code　　Country

Customs Declaration 세관신고서		Weight 중량		Postage 우편요금
Contents 내용 품명	Value 가격(US $)	g		원
		Country code 도착국명		
□Sample 상품견본 □Gift 선물 □Merchandise 상품	Signature 발송인 서명	보험이용여부 Insurance □Yes　□No		

聽力小技巧！

請不要執著於不會的單字。

　　試著理解話者想要說的內容，不要執著於你不懂的字彙，否則會錯過下個段落。如果出現你不懂的字彙或表達方式，不要放棄，理解講者在說話時的整段對話脈絡才是更重要的事。

發音

①짧게 [짤께]：ㅂ的發音會從ㄼ脫落，接續的ㄱ發音為ㄲ（硬音）。

②괜찮은데요 [괜차는데요]：在ㄶ中，ㅎ完全不發音。ㄶ的ㄴ的發音會像是接續音節的初聲子音，而非一個終聲子音。

③많네요 [만네요]：如果ㄶ後面緊接著ㄴ，ㅎ（在많中）不發音。

1 以下是提出請求或聆聽請求的句型表達。請仿照範例練習。

① 문 열어 드릴까요?　　② 들어 드릴까요

③ 바꿔 드릴까요?　　④ 빌려 드릴까요?

⑤ 환불해 드릴까요?　　⑥ 싸 드릴까요?

2 您有看過類似下方的標語嗎？可以在哪裡看到呢？

①

휴대폰을 꺼 주시기
바랍니다.

②

잔디밭에
들어가지 마세요.

③

손 대지 마세요.

④

냉방 중입니다.
문을 닫아 주세요.

⑤

내리실 때 카드를
대 주시기 바랍니다.

⑥

시험 중입니다.
조용히 해 주세요.

單字和短句

單字

가격
價錢

가져오다
拿來、帶來

금연
禁菸

끄다
關掉
例 휴대폰을 꺼 주세요. 請關閉手機。

내용물
內容物

냉방
冷氣房

대다
靠、觸碰
例 손 대지 마세요.
請勿用手觸碰。

돌려주다
歸還

드리다
呈、獻

들다
舉、抬、拿、提
例 들어 드릴까요?
要幫您拿著嗎?

마지막으로
最後

바꾸다
變更、調換

반납하다
返還

부탁(-하다)
拜託

빌리다
借
例 사전 좀 빌려 주세요. 請借我字典。

빨래(-하다)
洗衣服

서명
簽名

선물하다
贈送禮物

세탁기
洗衣機

세탁소
洗衣店

소리
聲音

소포
包裹

신다
穿(鞋子、襪子)
例 이 구두 신어 봐도 돼요? 我可以試穿這雙皮鞋嗎?

영수증
收據

올려 놓다
上傳

요청(-하다)
要求、請求

입다
穿(衣服)

자르다
剪
例 머리를 잘라 주세요. 請幫我剪頭髮。

자리
座位、地方、位子

잔디밭
草坪、草地

적다
寫、紀錄

전시장
展示廳

전하다
相傳、轉交、交給

例 메시지를 전하다
傳遞信息。

조용히
安靜地

줄이다
縮減、減少、減輕

짧게
短

찾다
尋找

치우다
整理、打掃、移開

탈의실
更衣室

포장(-하다)
包裝
例 포장해 주세요.
請幫我包裝一下。

피우다
抽(菸)、點燃
例 담배 피우다 抽菸

화분
花盆、盆栽

환불(-하다)
退費
例 환불해 주세요.
請幫我退費。

短句表達

부탁이 있어요.
我有個請求。

부탁 좀 들어 주세요.
請聽一下我的請求。

주스 좀 사다 주세요.
請幫我買杯果汁。

네, 사다 드릴게요.
好的,我幫您買。

바꿔 드릴까요?
幫您做更換嗎?

네, 바꿔 주세요.
對,請幫我更換。

실례지만 길 좀 물어봐도 돼요?
不好意思,我可以跟您問路嗎?

네, 물어보세요.
好的,請問。

메시지 좀 전해 주시겠어요?
您能幫我傳達訊息嗎?

네, 전해 드릴게요.
好的,我幫您傳達。

Unit 15 기분이 좋으면 노래해요

心情好的話，我會唱歌。

課前暖身 준비

1 以下是表達心情或感情的單字。請從單字選項中找出與圖片相符的詞彙。

單字選項	기쁘다	슬프다	신나다	화가 나다
	놀라다	심심하다	기분이 나쁘다	걱정하다

2 請看以下照片，試著說看看照片中人物的心情。

1 請聽每一則對話內容，對話中人物分別是何種情緒，請在下圖中依序填入編號。 091

2 請仔細聽，寫下以下行動分別是何種心情時所做的行為。 092

_____

_____

_____

_____

_____

_____

3　請仔細聽，勾選各則對話最佳的回覆內容。　(093)

❶
　　☐ 어머, 잘됐네요.
　　☐ 어머, 몰랐어요. 죄송해요.

❷
　　☐ 고마워요. 정말 기뻐요.
　　☐ 걱정하지 마세요. 힘내세요.

❸
　　☐ 안됐네요. 운동을 해 보세요.
　　☐ 그럴 수도 있지요. 운이 좋아요.

❹
　　☐ 정말 신나겠어요.
　　☐ 정말 슬프겠어요.

4　請聽對話內容，寫下下圖中四個人為什麼覺得有壓力，又是如何緩解壓力
　　的。　(094)

수진: 왜 스트레스 받아요?
＿＿＿＿＿＿ 때문에
스트레스를 어떻게 풀어요?
＿＿＿＿＿＿＿＿＿＿

민수: 왜 스트레스 받아요?
＿＿＿＿＿＿ 이 많아서
스트레스를 어떻게 풀어요?
＿＿＿＿＿＿＿＿＿＿

폴:　왜 스트레스 받아요?
＿＿＿＿＿＿ 때문에
스트레스를 어떻게 풀어요?
＿＿＿＿＿＿＿＿＿＿

마르코: 왜 스트레스 받아요?
＿＿＿＿＿＿ 때문에
스트레스를 어떻게 풀어요?
＿＿＿＿＿＿＿＿＿＿

5 　請聽對話內容，並回答以下問題。

① 請按照事情的發生順序，依序填上編號。

② 請再聽一次對話內容，寫下在下方情況中，男子與女子是什麼心情。

聽力小技巧！

請掌握話者的情緒。

　了解聲音乘載的情緒可以幫助你理解內容，不要單單只聽一個字彙。如果你知道話者是生氣、難過或開心，你會更能理解對方想表達的意思。

發音

①축하 [추카] ②연락해요 [열라캐요]：當ㄱ[g] 後面緊接著ㅎ[h] 時，ㄱ和ㅎ會結合，發音為ㅋ[k]。

活動 활동

1 請看下表，了解一下人們認為什麼時候最幸福，什麼時候最不幸福。

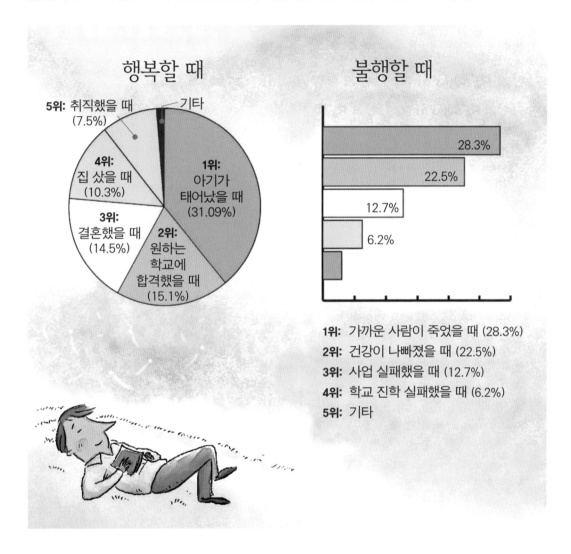

행복할 때

5위: 취직했을 때 (7.5%)
기타
4위: 집 샀을 때 (10.3%)
3위: 결혼했을 때 (14.5%)
1위: 아기가 태어났을 때 (31.09%)
2위: 원하는 학교에 합격했을 때 (15.1%)

불행할 때

28.3%
22.5%
12.7%
6.2%

1위: 가까운 사람이 죽었을 때 (28.3%)
2위: 건강이 나빠졌을 때 (22.5%)
3위: 사업 실패했을 때 (12.7%)
4위: 학교 진학 실패했을 때 (6.2%)
5위: 기타

2 各位認為什麼時候最幸福，什麼時候最不幸福？請跟身邊的人討論看看。

單字和短句

單字

가장
最…
윤 제일

강아지
小狗

걱정하다
擔心
윤 걱정이 되다

건강
健康

기분이 나쁘다
心情不好

기분이 좋다
心情好

기쁘다
歡喜

나중에
之後、以後、下次

놀라다
吃驚、驚嚇

벌써
早就

별로
不怎麼樣

불행하다
不幸、不幸福

사업
事業

소리
聲音

슬프다
悲傷

신나다
興奮、激動

실패하다
失敗

심심하다
無聊

싸우다
吵架
예 친구하고 싸웠어요.
我跟朋友吵架了。

연락하다
聯絡

오랜만에
久違地

우울하다
憂鬱、鬱悶、不快
樂

울다
哭泣

입구
入口

재미없다
無趣

죽다
死亡

즐겁다
愉悦
부 즐겁게
愉悦地

처음(-에)
第一次

취직하다
就業
예 취직 시험
就業考試

태어나다
出生
예 아기가 태어났어요.
孩子出生。

풀다
解開、釋放

합격(-하다)
合格

항상
經常

행복하다
幸福

화가 나다
生氣
윤 화를 내다

힘들다
累

短句表達

잘됐네요.
太好了!

걱정하지 마세요.
請不要擔心。

힘내세요.
請加油。

안됐네요.
真丟臉。

그럴 수도 있지요.
這也是有可能發生的。

운이 좋아요.
運氣好。

스트레스를 받아요.
感到有壓力。

스트레스를 풀어요.
紓解壓力。

행복해 보여요.
看起來很幸福。

Unit 16 졸업 축하해요!
恭喜你畢業！

1 下面是哪個特別的日子？請在單字選項中找出答案，並試著說看看。

單字選項 돌   집들이   결혼식   설날   생일   졸업식

❶

❷

❸

❹

❺

❻

2 以下是用於何時的問候語？請從第1題單字選項中找出答案並寫下來。

❶

❷

❸

❹

❺

1 請仔細聽，每一則分別是與什麼日子有關的對話，請從單字選項中找出答案並寫下來。🎧098

單字選項　設날　　생일　　졸업식　　회식　　입학식

① ＿＿＿＿＿＿＿　　② ＿＿＿＿＿＿＿　　③ ＿＿＿＿＿＿＿

④ ＿＿＿＿＿＿＿　　⑤ ＿＿＿＿＿＿＿

2 以下在談論特殊日子送的禮物。請仔細聽，找出與特殊日子相對應的禮物並連連看。🎧099

① 돌　　　　•　　　　　　　•

② 친구 방문　•　　　　　　　•

③ 생일　　　•　　　　　　　•

④ 집들이　　•　　　　　　　•

⑤ 졸업식　　•　　　　　　　•

　請聽每一則對話，填妥下方的邀請函。

❶

청첩장

저희들이 결혼을 하게 되었습니다.
오셔서 축하해 주시면
감사하겠습니다.

이치호 의 장남 진수
한영미

김민기 의 장녀 도희
정소라

날짜: ＿＿월 ＿＿일 (토요일)
　　　＿＿시

장소: 행복 웨딩홀

❷

재민 씨께

안녕하세요?
제가 이사를 했어요.
그래서 ＿＿＿＿＿를 하려고 해요.
날짜는 다음주 ＿＿요일 9일
저녁 ＿＿시쯤이에요.
주소는 수내동 37번이에요.
전화번호는 010-3592-7804예요.
그럼 꼭 오세요.

강수미 드림

❸

개업 인사

저희가 이번에 광화문에
＿＿＿＿＿음식점 '정원'을
열게 되었습니다.
그래서 다음과 같이 개업식을 합니다.
많이 오셔서 축하해 주십시오.

날짜: ＿＿월 ＿＿일
토요일 저녁 6시

위치: 광화문 사거리

❹

○○대학교 사진학과 졸업 ＿＿＿＿＿ 안내

7월 ＿＿일 (금) ~
＿＿일 (일)

인사동 아트 갤러리

전화: (02) 714-0138

4　請聽每一則對話，他們分別挑選了哪項活動，請在活動介紹表裡依序填入編號。　🎧101

	행사	장소	기간	요금	문의
☐	서울북 페스티벌	경희궁	10.2~10.19 20:00	무료	www.bookfestivals.co.kr
☐	김연아 아이스쇼	목동 아이스링크	10.25~11.4	5만 원 ~ 20만 원	www.iceshow.com
☐	국악 뮤지컬 야외공연	서울광장	10.2~10.19 20:00	무료	www.summerevents.net
☐	Hi Seoul 마라톤대회 (풀코스, 하프코스, 10Km)	청계천, 한강, 서울숲	10.12(일) 8:00	풀코스/ 하프 3만 원 10Km 2만 원	512-2578
☐	서울디자인올림픽 (전시 및 컨퍼런스)	잠실종합운동장	10.10~30	무료	412-1484
☐	아시아 AID 콘서트 (여러 가수 참가)	잠실실내 체육관	10.24(금) 20:00~	1~2만 원	2171-2431

聽力小技巧！

請了解關於韓國的節慶或特殊慶典。

　　請了解韓國文化，尤其是韓國的節慶和特殊慶典。如果你知道人們在特殊慶典會做什麼、吃什麼和穿什麼，可以幫助你在出現不懂的字彙或表達內容時，仍可了解含意。

發音

①졸업하다 [조러파다] ②입학식 [이팍씩]：當ㅂ[b] 後面緊接著ㅎ[h] 時，ㅂ會和ㅎ結合，發激音ㅍ[p]。

活動 활동

1 以下是韓國節日與國定假日的照片。請從單字選項中尋找並寫下這些是什麼節日，再從下方選出與該節日相符的描述。

單字選項　추석　설날　어버이날　크리스마스　어린이날

❶ 이 날은 새해의 첫날이다. 사람들은 한복을 입고 어른들한테 '새해 복 많이 받으세요' 라고 말하고 절을 한다. 또 이 날은 '떡국'을 먹는다. 그럼 나이를 한 살 더 먹는다고 한다.

❷ 이 날은 음력 8월15일이다. 한국의 아주 큰 명절 중의 하나이다. 보통 가족이 같이 모인다. 그리고 '송편'을 만들어 먹는다. 송편과 사과, 배, 밤 등 새로 나온 과일로 조상에게 차례를 지낸다.

❸ 이 날은 5월 5일로 아이들을 위한 날이다. 어른들은 아이들에게 선물을 주고 아이들과 즐거운 시간을 보낸다.

❹ 이 날은 5월 8일이다. 부모님한테 감사하는 날이다. 많은 사람들이 부모님을 찾아가서 카네이션 꽃과 선물을 드린다.

❺ 이 날은 12월에 있다. 사람들은 트리를 만든다. 그리고 카드를 보낸다. 선물도 주고 받는다. 한국에서는 이날 보통 친구들하고 같이 지낸다. 그렇지만 서양에서는 가족이 모인다.

2 請各位試著說說看自己的國家有哪些節慶，又有哪些國定假日。

單字和短句

單字

개업(-하다)
開業
예 개업식 開業典禮

결혼식
結婚典禮

경희궁
慶熙宮

고르다
選擇、挑選

공연
公演、演出、表演

공휴일
公休日、國定假日

광장
廣場

대회
大會、大賽

돌
週歲

떠나다
離開

떡국
年糕湯

명절
節日

모이다
聚集

무료
免費

반지
戒指

밤
栗子

복
福氣、好運

사진전
攝影展

서양
西洋

설날
農曆新年

세제
洗劑、清潔劑

송편
松糕、豆餡蒸糕

야외
野外、郊外

어린이날
兒童節

어버이날
父母節

음력
農曆

이사
搬家

입학식
入學典禮

자선
慈善

장남
長男

장녀
長女

전시회
展覽會

전통
傳統

절
行禮、鞠躬

조상
祖先

졸업식
畢業典禮

종합운동장
綜合運動場
예 잠실종합운동장
蠶室綜合運動場

집들이
喬遷宴

차례
祭祀
예 차례를 지내다
舉行祭祀

청첩장
結婚喜帖

초대(-하다)
邀請、招待

축하하다
祝賀

특별하다
特別

한복
韓服

휴지
衛生紙

회식
聚餐

短句表達

생일 축하해요.
生日快樂。

결혼 축하합니다.
新婚愉快、恭喜你結婚。

졸업 축하해요.
恭喜你畢業。

개업 축하합니다.
恭喜你開業。

행복하세요.
要幸福喔。

새해 복 많이 받으세요.
新年快樂。

Unit 17 | 거리의 카페가 좋아요
喜歡街上的咖啡廳

課前暖身 준비

1 下面是各個國家有名的地方，請在地圖上找出這些地方的位置，並試著說說看自己是否去過這些地方。

2 以下是關於各國生活和風俗的照片。請試著說說看照片中的場景能在哪個國家看到，並描述自己的國家有哪些風俗習慣。

1 請仔細聽，找出與每一則對話相符的內容並連連看。

❶	❷	❸	❹
우안	제임스	미셸	따밍

베이징	방콕	호주	파리

2 請聽每一則對話內容，勾選對話中人物做過的事情。

❶ 제주도

❷ 이집트

❸ 스위스

❹ 브라질

　請仔細聽，寫下每一則對話分別在談論哪個地方，並在正確的描述打V。

❶

　　날씨:　1년 내내 (☐ 따뜻하다 ☐ 덥다).

　　생활:　물가가 (☐ 싸다 ☐ 비싸다).

　　음식:　맛이 있다.

　　사람들: (☐ 친절하다 ☐ 불친절하다).

　　자동차: (☐ 필요하다 ☐ 필요 없다).

❷

　　날씨:　자주 흐리고 비가 온다.
　　　　　(☐ 여름 ☐ 겨울)은 날씨가 좋다.

　　생활:　물가가 비싸다. 편하다.
　　　　　교통 (☐ 편리하다 ☐ 불편하다).

　　풍습:　문을 열고 들어가거나 나갈 때 (☐ 여자 ☐ 남자)가
　　　　　먼저 간다.

❸

　　볼거리: 산의 경치

　　주의할 것: 등산할 때는 (☐ 천천히 ☐ 빨리) 산에 오른다.

　　숙박:　산에 숙박 시설이 있다.

　　음식:　(☐ 사 먹거나 만들어 먹을 수 있다.
　　　　　☐ 모두 준비해 가야 한다).

　　방문 시기: (☐ 4월, 5월이나 10월, 11월 ☐ 6월~8월)

　　준비물: 등산에 필요한 모든 물건, 따뜻한 옷 등

❹

　　날씨:　(☐ 지역마다 다르다 ☐ 모든 곳이 덥다).

　　볼거리: – 하롱베이

　　　　　 – 오래된 역사와 다양한 문화
　　　　　　 (☐ 유적지 ☐ 박물관)이/가 많다.

　　　　　 – (☐ 바닷가 ☐ 산)이/가 좋다.

　　음식:　쌀국수 '포'가 유명하다.

4　請聽對話內容，並在位於以下場合可以做的行為旁打O，不能做的行為旁打 X。

① 말레이시아에서
　가 볼 곳

트윈 타워

이슬람 사원

 ❶
 ❷
 ❸

② 부산에서
　가 볼 곳

바다

생선 시장

할아버지 댁

 ❶
 ❷
 ❸
 ❹

聽力小技巧！

請試著聽聽各式各樣的韓語。

　　韓語的音調和腔調會因為説話者的性別、年齡、地區和職業而有所不同。如果有機會，可以讓自己熟悉韓語的多樣性。

發音

①복잡해요 [복짜패요]：當終聲子音ㅂ後面緊接著ㅎ [h] 時，ㅂ會和ㅎ結合，發音為氣音 ㅍ [p]。

②산악열차 [사낭열차]：當終聲子音ㄱ後面緊接著初聲ㅇ時，ㄱ [g] 的發音會轉變為ㅇ [ng]。

活動 활동

1 下面是導覽手冊上刊登的濟州島旅行介紹。請仔細閱讀，試著了解濟州島。

제주도는…

한국에서 가장 큰 섬으로 1년 내내 따뜻하여 많은 관광객이 찾는다. 특히 신혼 여행지로 유명하며 최근에는 걷기 코스 '올레길'이 인기가 많다. 해산물을 이용한 음식이 많고 호텔, 게스트하우스, 민박 등 다양한 숙박 시설이 있다.

제주도의 문화

제주도에는 옛날부터 세 가지가 많고 (삼다 三多) 세 가지가 없다 (삼무 三無)고 한다. 삼다는 돌, 바람, 여자이고 삼무는 도둑, 대문, 거지이다. 또 바람이 많아서 돌담과 초가집을 많이 볼 수 있다.

전국지도
제주도

용두암

민속박물관

성산일출봉

한라산

성읍민속마을

올레길

돌하르방

초가집

單字和短句

單字

기억에 남다
留在記憶中

다르다
不一樣
예 지역마다 달라요.
每一個地區都不一樣。

다양하다
多樣、各式各樣

도시
都市

돌
石頭
예 돌담 石牆

돌리다
轉動、扭轉、迴轉

들어가다
進入、加入

말
馬

문화
文化

물가
物價

바람(-이) 불다
起風、颱風

밥그릇
碗

사막
沙漠

사원
寺院
예 이슬람 사원
伊斯蘭寺院

산악 열차
登山列車

생각(-이) 나다
想起來

생활(-하다)
生活

소매
袖子
예 소매 없는 옷
無袖的衣服

수상 시장
水產市場

숙박 시설
住宿施設

숙이다
低下、俯
예 머리 숙여서 인사하다 低頭問好。

시원하다
涼爽、涼快、爽口

쌀국수
米線

역사
歷史

예절
禮節

오래되다
很久、長時間
예 오래된 역사
悠久的歷史。

유적지
遺址

정보
情報

조심하다
小心

주의하다
注意、警示、提醒
예 주의할 것
注意的事情。

준비물
備用品、準備物品

지역
地區

직접
直接

천천히
慢慢地

출퇴근 시간
上下班時間

치마
裙子

풍습
風俗習慣

피하다
迴避、躲避、避免

해녀
海女

해산물
海鮮、海產

흐리다
混濁、陰沉

短句表達

수상 시장이 유명해요.
水產市場很有名。

제주도에 가 본 적이 있어요?
有去過濟州島嗎?

말 타 봤어요?
有騎過馬嗎?

날씨가 지역마다 달라요.
每個地方的天氣都不一樣。

다양한 문화를 가지고 있어요.
擁有多元文化。

짧은 치마를 입으면 안 돼요.
不能穿短裙。

오른손을 사용해야 돼요.
必須使用右手。

머리 숙여서 인사하세요.
鞠躬問候。

附錄

듣기 대본 聽力腳本
정답 正確解答
색인 索引

Unit 01 반갑습니다 很高興見到您

Track 001

1 ❶ A(남): 안녕하세요?　　B(여): 안녕하세요?
　❷ A(남): 안녕히 가세요.　B(여): 안녕히 계세요.
　❸ A(남): 고맙습니다.　　B(여): 아니에요.
　❹ A(남): 죄송합니다.　　B(여): 괜찮아요.

❶ A（男）：妳好？　　B（女）：妳好！
❷ A（男）：請慢走。　B（女）：請留步。
❸ A（男）：謝謝。　　B（女）：不客氣。
❹ A（男）：對不起。　B（女）：沒關係。

Track 002

2 ❶ A(남): 어느 나라 사람이에요?
　　B(여): 영국 사람이에요.
　　A(남): 무슨 일 하세요?
　　B(여): 회사원이에요.

　❷ A(여): 어느 나라 사람이에요?
　　B(남): 베트남 사람이에요.
　　A(여): 직업이 뭐예요?
　　B(남): 작가예요.

　❸ A(남): 어느 나라에서 오셨어요?
　　B(여): 몽골에서 왔어요.
　　A(남): 무슨 일 하세요?
　　B(여): 가수예요.

　❹ A(여): 미국 사람이에요?
　　B(남): 아니요, 캐나다 사람이에요.
　　A(여): 무슨 일 하세요?
　　B(남): 의사예요.

❶ A（男）：妳是哪國人？
　B（女）：我是英國人。
　A（男）：妳從事什麼工作？
　B（女）：我是公司職員。
❷ A（女）：你是哪國人呢？
　B（男）：我是越南人。
　A（女）：你是從事什麼行業呢？
　B（男）：我是作家。
❸ A（男）：您來自哪個國家呢？
　B（女）：我來自蒙古。
　A（男）：您從事什麼工作呢？
　B（女）：我是歌手。
❹ A（女）：你是美國人嗎？

B（男）：不是，我是加拿大人。
A（女）：你從事什麼工作呢？
B（男）：我是醫生。

Track 003

3 ❶ 지수:　안녕하세요? 김지수입니다.
　　마르코: 네, 안녕하세요? 마르코입니다.
　　지수:　마르코 씨, 프랑스 사람이에요?
　　마르코: 아니요, 이탈리아 사람이에요.
　　지수:　무슨 일 하세요?
　　마르코: 저는 학생이에요. 지수 씨는 무슨 일 하세요?
　　지수:　저는 회사원이에요.
　　마르코: 어디에서 일하세요?
　　지수:　저는 삼성에서 일해요.

　❷ 폴:　안녕하세요?
　　리에:　안녕하세요? 저는 리에예요. 이름이 뭐예요?
　　폴:　폴입니다. 리에 씨는 일본 사람이에요?
　　리에:　네, 일본 사람이에요. 폴 씨는 어느 나라 사람
　　　　　이에요?
　　폴:　저는 영국 사람이에요.
　　리에:　네. 무슨 일 하세요?
　　폴:　영어 선생님이에요. 리에 씨는요?
　　리에:　저는 일본어 선생님이에요.
　　폴:　반갑습니다.
　　리에:　네, 반갑습니다.

❶ 智秀：你好！我是金智秀。
　馬可：是，妳好。我是馬可。
　智秀：馬可先生，你是法國人嗎？
　馬可：不是，我是義大利人。
　智秀：你從事什麼工作呢？
　馬可：我是學生。智秀小姐妳做什麼工作？
　智秀：我是上班族。
　馬可：妳在哪裡工作？
　智秀：我在三星工作。
❷ 保羅：妳好！
　理惠：你好，我是理惠。你叫什麼名字？
　保羅：我是保羅。理惠小姐是日本人嗎？
　理惠：對，是日本人。保羅先生是哪國人呢？
　保羅：我是英國人。
　理惠：是喔。你從事什麼工作呢？
　保羅：我是英語老師。理惠小姐呢？
　理惠：我是日語老師。
　保羅：很高興認識妳。

理惠：是的，很高興認識你。

4 ❶ 지수： 안녕하세요? 김지수입니다.
　마르코: 네, 안녕하세요? 마르코입니다.
　지수： 마르코 씨, 프랑스 사람이에요?
　마르코: 아니요, 이탈리아 사람이에요.
　지수： 무슨 일 하세요?
　마르코: 저는 학생이에요. 지수 씨는 무슨 일 하세요?
　지수： 저는 회사원이에요.
　마르코: 어디에서 일하세요?
　지수： 저는 삼성에서 일해요.

❷ 폴：　 안녕하세요?
　리에： 안녕하세요? 저는 리에예요. 이름이 뭐예요?
　폴：　 폴입니다. 리에 씨는 일본 사람이에요?
　리에： 네, 일본 사람이에요. 폴 씨는 어느 나라 사람
　　　　이에요?
　폴：　 저는 영국 사람이에요.
　리에： 네. 무슨 일 하세요?
　폴：　 영어 선생님이에요. 리에 씨는요?
　리에： 저는 일본어 선생님이에요.
　폴：　 반갑습니다.
　리에： 네, 반갑습니다.

❶ 智秀：你好！我是金智秀。
　馬可：是，妳好。我是馬可。
　智秀：馬可先生，你是法國人嗎？
　馬可：不是，我是義大利人。
　智秀：你從事什麼工作呢？
　馬可：我是學生。智秀小姐妳做什麼工作？
　智秀：我是上班族。
　馬可：妳在哪裡工作？
　智秀：我在三星工作。

❷ 保羅：妳好！
　理惠：你好，我是理惠。你叫什麼名字？
　保羅：我是保羅。理惠小姐是日本人嗎？
　理惠：對，是日本人。保羅先生是哪國人呢？
　保羅：我是英國人。
　理惠：是喔。你從事什麼工作呢？
　保羅：我是英語老師。理惠小姐呢？
　理惠：我是日語老師。
　保羅：很高興認識妳。
　理惠：是的，很高興認識你。

5 ❶ 이름이 뭐예요?
　❷ 어느 나라 사람이에요?
　❸ 무슨 일 하세요?
　❹ 어디에서 일하세요?

❶ 你叫什麼名字？
❷ 你是哪國人？
❸ 你從事什麼工作？
❹ 你在哪裡工作？

Unit 02　식당이 어디에 있어요? 餐廳在哪裡？

1 ❶ A(남): 이게 뭐예요?
　B(여): 한국말 책이에요.
　A(남): 누구 거예요?
　B(여): 릴리 씨 거예요.

❷ A(여): 이거 마르코 씨 휴대폰이에요?
　B(남): 네. 제 휴대폰이에요.

❸ A(남): 이게 릴리 씨 구두예요?
　B(여): 아니요, 지수 씨 구두예요.

❹ A(여): 이게 누구 가방이에요?
　B(남): 이치로 씨 가방이에요.

❶ A（男）：這是什麼？
　B（女）：韓文書。
　A（男）：是誰的書？
　B（女）：是莉莉小姐的。

❷ A（女）：這個是馬可先生你的手機嗎？
　B（男）：是的，是我的手機。

❸ A（男）：這個是莉莉小姐的皮鞋嗎？
　B（女）：不是，是智秀小姐的皮鞋。

❹ A（女）：這個是誰的包包？
　B（男）：是鈴木一郎先生的包包。

2 A(여): 방에 전화가 있어요?
　B(남): 네. 있어요.
　A(여): 방에 우산이 있어요?
　B(남): 아니요, 없어요.
　A(여): 방에 시계가 있어요?
　B(남): 아니요, 없어요.
　A(여): 방에 창문이 있어요?
　B(남): 네. 창문이 있어요.
　A(여): 방에 또 뭐가 있어요?
　B(남): 책상하고 의자가 있어요.

A（女）：房間裡有電話嗎？
B（男）：是的，有。
A（女）：房間裡有雨傘嗎？

B（男）：不，沒有。
A（女）：房間裡有時鐘嗎？
B（男）：不，沒有。
A（女）：房間裡有窗戶嗎？
B（男）：是的，有窗戶。
A（女）：房間裡還有什麼？
B（男）：有桌子和椅子。

3 ❶ A(여): 여기 은행이 있어요?
　　B(남): 네, 2층에 있어요.
　　A(여): 병원도 있어요?
　　B(남): 네, 병원은 3층에 있어요.
　　A(여): 커피숍은 어디에 있어요?
　　B(남): 4층에 있어요.
　　A(여): 식당도 4층에 있어요?
　　B(남): 네, 4층에 있어요.
　　A(여): 약국은 몇 층에 있어요?
　　B(남): 약국은 1층에 있어요.

❷ A(남): 지수 씨가 어디에 있어요?
　　B(여): 은행에 있어요.
　　A(남): 마르코 씨는 어디에 있어요?
　　B(여): 커피숍에 있어요.
　　A(남): 릴리 씨도 커피숍에 있어요?
　　B(여): 아니요. 릴리 씨는 식당에 있어요.
　　A(남): 폴 씨는 어디에 있어요?
　　B(여): 폴 씨는 약국에 있어요.
　　A(남): 이치로 씨는 어디에 있어요?
　　B(여): 이치로 씨는 폴 씨하고 같이 있어요.

❶ A（女）：這裡有銀行嗎？
　　B（男）：有的，在二樓。
　　A（女）：也有醫院嗎？
　　B（男）：對，醫院在三樓。
　　A（女）：咖啡廳在哪裡？
　　B（男）：在四樓。
　　A（女）：餐廳也在四樓嗎？
　　B（男）：是的，在四樓。
　　A（女）：藥局在幾樓？
　　B（男）：藥局在一樓。

❷ A（男）：智秀小姐在哪裡？
　　B（女）：在銀行。
　　A（男）：馬可先生在哪裡？
　　B（女）：在咖啡廳。
　　A（男）：莉莉小姐也在咖啡廳嗎？
　　B（女）：沒有，莉莉小姐在餐廳。
　　A（男）：保羅先生在哪裡？

B（女）：保羅先生在藥局。
A（男）：鈴木一郎先生在哪裡？
B（女）：鈴木一郎先生和保羅先生在一起。

4 ❶ A(여): 전화가 어디에 있어요?
　　B(남): 컴퓨터 옆에 있어요.

❷ A(여): 신문이 어디에 있어요?
　　B(남): 책상 밑에 있어요.

❸ A(여): 의자가 어디에 있어요?
　　B(남): 책장 앞에 있어요.

❹ A(남): 우산이 어디에 있어요?
　　B(여): 소파 뒤에 있어요.

❺ A(남): 시계가 어디에 있어요?
　　B(여): 탁자 위에 있어요.

❻ A(남): 책은 어디에 있어요?
　　B(여): 가방 안에 있어요.

❶ A（女）：電話在哪裡？
　　B（男）：在電腦旁邊。

❷ A（女）：報紙在哪裡？
　　B（男）：在桌子下面。

❸ A（女）：椅子在哪裡？
　　B（男）：在書櫃前面。

❹ A（男）：雨傘在哪裡？
　　B（女）：在沙發後面。

❺ A（男）：手錶在哪裡？
　　B（女）：在桌子上。

❻ A（男）：書在哪裡？
　　B（女）：在包包裡面。

5 A(여): 이 근처에 우체국이 있어요?
　B(남): 네, 있어요.
　A(여): 어디에 있어요?
　B(남): 약국 옆에 있어요.
　A(여): 커피숍도 있어요?
　B(남): 네, 커피숍은 학교 오른쪽에 있어요.
　A(여): 학교 오른쪽이요?
　B(남): 네, 학교 오른쪽이요.
　A(여): 은행은 어디에 있어요?
　B(남): 은행은 학교 왼쪽에 있어요.
　A(여): 그럼 식당은 어디에 있어요?
　B(남): 식당은 은행 뒤에 있어요. 식당 옆에 공원이 있어요.
　A(여): 슈퍼마켓은 어디에 있어요?
　B(남): 지하철역 왼쪽, 병원 앞에 있어요.

A（女）：這附近有郵局嗎？
B（男）：有，有的。
A（女）：在哪裡？
B（男）：在藥局旁。
A（女）：那也有咖啡廳嗎？
B（男）：是的，咖啡廳在學校右邊。
A（女）：學校的右邊嗎？
B（男）：是的，學校右邊。
A（女）：銀行在哪裡？
B（男）：銀行在學校左邊。
A（女）：那麼，餐廳在哪裡？
B（男）：餐廳在銀行後面。餐廳旁邊有個公園。
A（女）：超市在哪裡？
B（男）：在地鐵站左側，醫院前面。

Unit 03 가족이 어떻게 되세요? 您有哪些家人？

Track 013

1 ❶ A(여): 형 있어요?
B(남): 네, 한 명 있어요
A(여): 동생도 있어요?
B(남): 네, 남동생 있어요.
A(여): 남동생이 몇 살이에요?
B(남): 열 아홉 살이에요.

❷ A(남): 한국 친구 있어요?
B(여): 네, 많아요.
A(남): 몇 명 있어요?
B(여): 다섯 명 있어요.
A(남): 언니 있어요?
B(여): 아니요, 언니 없어요. 오빠 있어요.
A(남): 오빠가 몇 살이에요?
B(여): 스물 다섯 살이에요.

❶ A（女）：你有哥哥嗎？
B（男）：是的，我有一位哥哥。
A（女）：也有弟弟、妹妹嗎？
B（男）：是的，我有弟弟。
A（女）：你弟弟多大？
B（男）：十九歲。

❷ A（男）：妳有韓國朋友嗎？
B（女）：是的，很多。
A（男）：有幾位？
B（女）：有五位。
A（男）：有姊姊嗎？
B（女）：沒有，沒有姐姐。有哥哥。
A（男）：哥哥幾歲？

B（女）：二十五歲。

Track 014

2 ❶ A(여): 가족이 어떻게 되세요?
B(남): 아버지, 어머니, 누나 하나 있어요.

❷ A(여): 가족이 어떻게 되세요?
B(남): 아내하고 저, 둘이에요.

❸ A(남): 가족이 몇 명이에요?
B(여): 할머니, 어머니, 아버지, 여동생, 저 모두 다섯 명이에요.

❹ A(남): 가족이 몇 명이에요?
B(여): 아이 둘하고 남편, 모두 네 명이에요.

❶ A（女）：你有哪些家人呢？
B（男）：爸爸、媽媽，一位姊姊。

❷ A（女）：您有哪些家人呢？
B（男）：妻子和我，兩個人。

❸ A（男）：你家裡有幾個人？
B（女）：奶奶、媽媽、爸爸、妹妹、我，一共五個人。

❹ A（男）：你家有幾個人？
B（女）：兩個孩子和丈夫，一共四個人。

Track 015

3 ❶ 저는 이수진입니다. 학생입니다. 대학교에서 영화를 공부해요. 저의 가족은 아버지, 어머니, 오빠하고 저, 네 명입니다. 아버지는 의사예요. 어머니는 선생님입니다. 오빠는 은행원이에요. 다 같이 살아요.

❷ 저는 이치로입니다. 회사원이에요. 일본 회사에서 일해요. 지금 서울에서 살아요. 아내하고 딸 하나 아들 하나 있어요. 딸은 7살이고 아들은 5살이에요. 아, 그리고 개도 두 마리 있어요.

❸ 저는 릴리라고 합니다. 중국에서 왔어요. 지금 한국에서 한국말을 공부해요. 아주 재미있어요. 가족은 아버지, 어머니, 여동생 있어요. 아버지하고 어머니는 회사원이에요. 여동생은 학생이에요. 다 중국에 있어요. 저는 신촌에 살아요.

❹ 저는 폴이라고 합니다. 영국에서 왔어요. 지금 한국에서 영어를 가르쳐요. 가족은 아내가 있어요. 아내는 한국 사람이에요. 그리고 직업은 화가예요.

❶ 我是李秀珍，是名學生。在大學裡學電影。我的家人有爸爸、媽媽、哥哥和我，四個人。爸爸是醫生。媽媽是老師。哥哥是銀行行員。大家都住在一起。

❷ 我是鈴木一郎。是個上班族。在日本公司工

作。現在住在首爾。我有老婆、一個女兒、一個兒子。女兒 7 歲，兒子 5 歲。啊，還有兩條狗。

❸ 我叫莉莉。來自中國。現在在韓國學習韓語。非常有趣。家人有爸爸、媽媽、妹妹。爸爸和媽媽都是上班族。妹妹是學生。他們都在中國。我住在新村。

❹ 我叫保羅。來自英國。現在在韓國教英語。家族成員有妻子。妻子是韓國人，她的職業是名畫家。

Track 016

4 ❶ 저는 이수진입니다. 학생입니다. 대학교에서 영화를 공부해요. 저의 가족은 아버지, 어머니, 오빠하고 저, 네 명입니다. 아버지는 의사예요. 어머니는 선생님입니다. 오빠는 은행원이에요. 다 같이 살아요.

❷ 저는 이치로입니다. 회사원이에요. 일본 회사에서 일해요. 지금 서울에서 살아요. 아내하고 딸 하나 아들 하나 있어요. 딸은 7살이고 아들은 5살이에요. 아, 그리고 개도 두 마리 있어요.

❸ 저는 릴리라고 합니다. 중국에서 왔어요. 지금 한국에서 한국말을 공부해요. 아주 재미있어요. 가족은 아버지, 어머니, 여동생 있어요. 아버지하고 어머니는 회사원이에요. 여동생은 학생이에요. 다 중국에 있어요. 저는 신촌에 살아요.

❹ 저는 폴이라고 합니다. 영국에서 왔어요. 지금 한국에서 영어를 가르쳐요. 가족은 아내가 있어요. 아내는 한국 사람이에요. 그리고 직업은 화가예요.

❶ 我是李秀珍，是名學生。在大學裡學電影。我的家人有爸爸、媽媽、哥哥和我，四個人。爸爸是醫生。媽媽是老師。哥哥是銀行行員。大家都住在一起。

❷ 我是鈴木一郎。是個上班族。在日本公司工作。現在住在首爾。我有老婆、一個女兒、一個兒子。女兒 7 歲，兒子 5 歲。啊，還有兩條狗。

❸ 我叫莉莉。來自中國。現在在韓國學習韓語。非常有趣。家人有爸爸、媽媽、妹妹。爸爸和媽媽都是上班族。妹妹是學生。他們都在中國。我住在新村。

❹ 我叫保羅。來自英國。現在在韓國教英語。家族成員有妻子。妻子是韓國人，她的職業是名畫家。

Track 017

5 수진: 릴리 씨, 제 친구 마크예요. 인사하세요.
릴리: 안녕하세요. 저는 릴리라고 합니다.
마크: 안녕하세요? 저는 마크라고 합니다.
릴리: 마크 씨는 무슨 일 하세요?
마크: 저는 기자예요. 릴리 씨는요?
릴리: 저는 학생이에요. 마크 씨는 어디 살아요?
마크: 이태원에 살아요.
릴리: 정말요? 저도 거기 살아요.
마크: 그래요?
릴리: 네, 저어…… 나이가 어떻게 되세요?
마크: 나이요? 27살이에요. 왜요?
릴리: 아니, 그냥요……. 그럼 가족이 어떻게 되세요?
마크: 어머니, 아버지하고 형 있어요. 릴리 씨는요?
릴리: 부모님하고 여동생 하나 있어요. 마크 씨, 여자 친구 있어요?
마크: 아니요, 없어요.
릴리: 그래요? 와, 잘 됐어요.
마크: 네? 뭐가요?
릴리: (호호) 저도 남자 친구 없어요.
마크: 네에?!

秀珍：莉莉小姐，這是我的朋友馬克。打個招呼吧。
莉莉：你好。我叫莉莉。
馬克：你好，我叫馬克。
莉莉：馬克先生從事什麼工作呢？
馬克：我是名記者。莉莉小姐呢？
莉莉：我是學生。馬克先生住在哪裡呢？
馬克：我住在梨泰院。
莉莉：真的嗎？我也住在那裡。
馬克：是嗎？
莉莉：是，那個……請問您幾歲了？
馬克：年齡？我 27 歲。怎麼了嗎？
莉莉：沒事，沒有怎樣……那你有哪些家人呢？
馬克：有媽媽、爸爸和哥哥。莉莉小姐呢？
莉莉：有父母和一個妹妹。馬克先生，你有女朋友嗎？
馬克：不，沒有。
莉莉：是嗎？哇，太棒了！
馬克：啊？什麼？
莉莉：（呵呵）我也沒有男朋友。
馬克：啊？！

Unit 04 얼마예요? 多少錢？

Track 019

1 ❶ A(여): 이 빵 얼마예요?
　　 B(남): 1,400원이에요.

❷ A(여): 이 사과 얼마예요?
　　 B(남): 세 개에 5,000원입니다.

❸ A(여): 생선 얼마예요?
　　 B(남): 한 마리에 3,500원이에요.

❹ A(남): 이 바지 얼마예요?
　　 B(여): 67,000원이에요.

❺ A(남): 이 구두 얼마예요?
　　 B(여): 10만 원입니다.

──────────────

❶ A（女）：這個麵包多少錢？
　 B（男）：1,400 韓元。

❷ A（女）：這個蘋果多少錢？
　 B（男）：三個 5,000 韓元。

❸ A（女）：魚多少錢？
　 B（男）：一條 3,500 韓元。

❹ A（男）：這條褲子多少錢？
　 B（女）：67,000 韓元。

❺ A（男）：這雙皮鞋多少錢？
　 B（女）：10 萬韓元。

Track 020

2 ❶ A(남): 오렌지 주스 있어요?
　　 B(여): 네, 있어요.
　　 A(남): 하나 주세요. 아, 커피도 한 잔 주세요.
　　 B(여): 오렌지 주스 하나, 커피 하나요.
　　 A(남): 모두 얼마예요?
　　 B(여): 오렌지 주스 6,000원, 커피 4,000원, 모두
　　　　　 10,000원이에요.

❷ A(남): 맥주 있어요?
　　 B(여): 네, 몇 병 드릴까요?
　　 A(남): 두 병 주세요.
　　 B(여): 여기 있습니다.
　　 A(남): 신문도 하나 주세요.
　　 B(여): 죄송합니다. 신문은 없어요.
　　 A(남): 네, 알겠습니다. 얼마예요?
　　 B(여): 한 병에 2,000원이에요. 그래서 모두…….

❸ A(여): 어서 오세요. 뭐 드릴까요?
　　 B(남): 사과 얼마예요?
　　 A(여): 이건 3개에 5,000원이고 저건 4개에 5,000원이
　　　　　 에요.
　　 B(남): 그럼 배는 얼마예요?
　　 A(여): 배는 2개에 3,000원이에요.

❸ B(남): 그럼 배 2개 주세요.
　　 A(여): 여기 있습니다.
　　 B(남): 네, 감사합니다.

❹ A(여): 이 모자 얼마예요?
　　 B(남): 4만 원이에요.
　　 A(여): 비싸요.
　　 B(남): 3만 원짜리도 있어요.
　　 A(여): 3만 요? 비싸요. 좀 깎아 주세요.
　　 B(남): 그럼 2천 원 깎아 드릴게요.
　　 A(여): 네, 감사합니다.

──────────────

❶ A（男）：有柳橙汁嗎？
　 B（女）：有，有的。
　 A（男）：請給我一杯。啊，也請給我一杯咖
　　　　　 啡。
　 B（女）：一杯柳橙汁，一杯咖啡。
　 A（男）：總共多少錢？
　 B（女）：柳橙汁 6,000 韓元，咖啡 4,000 韓
　　　　　 元，一共 10,000 韓元。

❷ A（男）：有啤酒嗎？
　 B（女）：有，您要幾瓶？
　 A（男）：請給我兩瓶。
　 B（女）：在這裡。
　 A（男）：也請給我一份報紙。
　 B（女）：對不起。沒有報紙。
　 A（男）：好的，我知道了。多少錢？
　 B（女）：一瓶 2,000 韓元。所以總共……

❸ A（女）：歡迎光臨。需要什麼呢？
　 B（男）：蘋果多少錢？
　 A（女）：這個是 3 個 5,000 韓元，那個是 4
　　　　　 個 5,000 韓元。
　 B（男）：那梨子多少錢？
　 A（女）：梨子 2 個 3,000 韓元。
　 B（男）：那請給我兩個梨子。
　 A（女）：在這裡。
　 B（男）：好的，謝謝。

❹ A（女）：這頂帽子多少錢？
　 B（男）：4 萬韓元。
　 A（女）：好貴。
　 B（男）：也有 3 萬塊錢的。
　 A（女）：3 萬韓元？好貴啊。請算我便宜一
　　　　　 點。
　 B（男）：那我給你減 2,000 韓元。
　 A（女）：好的，謝謝您。

117

Track 021

3 A(남): 뭘 사지요?

B(여): 우리 샌드위치 만들어요.

A(남): 그럼, 식빵하고…….

B(여): 식빵, 치즈, 오이가 필요해요.

A(남): 햄도 사요.

B(여): 저는 햄 안 먹어요.

A(남): 그럼, 음료수는요? 과일 주스 살까요?

B(여): 음.. 그냥 물 마셔요. 무거워요.

A(남): 그럼 물 사고…….

B(여): 그리고 초콜릿하고 컵라면도 사요.

A(남): 초콜릿 좋아요. 그런데 저는 컵라면 안 좋아해요.

B(여): 알았어요.

A（男）：要買什麼？

B（女）：我們要做三明治。

A（男）：那麼，麵包和……。

B（女）：需要麵包、起司、小黃瓜。

A（男）：還要買火腿。

B（女）：我不吃火腿。

A（男）：那飲料呢？要買果汁嗎？

B（女）：嗯……就喝水吧。太重了。

A（男）：那，買個水……。

B（女）：還要買巧克力和杯麵。

A（男）：巧克力好。但我不喜歡杯麵。

B（女）：知道了。

Track 022

4 ❶ A(여): 와, 이 텔레비전 아주 커요.

B(남): 그렇지만 너무 비싸요. 작은 게 싸요.

A(여): 우리 방이 커요. 그러니까 큰 거 사요.

B(남): (작은 소리로) 알았어요.

❷ A(여): 이 휴대폰 디자인이 좋아요.

B(남): 그런데 너무 작아요. 저는 큰 게 좋아요.

A(여): 큰 거요?

B(남): 네, 이메일을 봐야 돼요. 그러니까 스크린이 큰 거로 해요.

❸ A(여): 여기 베이지 색 소파 좀 봐요. 색깔이 예뻐요.

B(남): 글쎄요. 저는 이 소파가 나아요.

A(여): 이 까만 색 소파요?

B(남): 네, 아주 편해요. 앉아 보세요.

A(여): 와, 정말 편하네요. 이거 사요.

❹ A(여): 이 핑크색 가방 어때요?

B(남): 멋있어요. 그런데 좀 무거워요.

A(여): 이 까만 색 가방은 가벼워요. 그런데 안 멋있어요.

B(남): 가벼운 게 좋지 않아요?

A(여): 음…… 알았어요. 그럼 이걸로 해요.

---

❶ A（女）：哇，這台電視好大。

B（男）：雖然如此，但是太貴了，買小的吧。

A（女）：我們房間大，所以買大的。

B（男）：（小聲）知道了。

❷ A（女）：這款手機的設計很棒。

B（男）：但是太小了。我喜歡大的。

A（女）：大的嗎？

B（男）：是的，我必須看郵件。因此要買螢幕大的。

❸ A（女）：看一下這裡的駝色沙發，顏色好漂亮。

B（男）：這個嘛，我比較喜歡這個沙發。

A（女）：這個黑色的沙發嗎？

B（男）：是的，非常舒服。請坐看看。

A（女）：哇，真的很舒服耶，買這個。

❹ A（女）：這個粉色的包包怎麼樣？

B（男）：很帥氣。但是有點重。

A（女）：這個黑色的包包很輕，但是不帥。

B（男）：輕點不好嗎？

A（女）：嗯...知道了，那麼就這個吧。

Track 023

5 A(남): 어서 오세요. 손님, 뭘 도와 드릴까요?

B(여): 저, 남자 친구 선물을 사고 싶어요.

A(남): 크리스마스 선물이에요?

B(여): 네.

A(남): 이 장갑은 어때요?

B(여): 남자 친구가 장갑이 있어요.

A(남): 아, 그래요? 그럼 시계도 좋아요. 지금 세일요.

B(여): 그렇지만 시계는 너무 비싸요.

A(남): 음, 그럼 와이셔츠 어때요?

B(여): 남자 친구는 학생이에요. 그래서 와이셔츠는 안 입어요.

A(남): 아, 그럼 손수건도 좋아요. 값도 싸고요.

B(여): 음, 손수건은 선물로 안 좋아요.

A(남): 그럼, 가방 어때요?

B(여): 가방? 음…… 좋아요. 저는 세일 쿠폰이 있어요.

A(남): 네, 주세요.

A（男）：歡迎光臨。客人，您有需要什麼嗎？

B（女）：那個，我想買男朋友的禮物。

A（男）：是聖誕節禮物嗎？

B（女）：是的。

A（男）：這副手套怎麼樣？

B（女）：男朋友有手套了。

A（男）：啊，是嗎？那麼手錶也不錯，現在在

118

打折。

B（女）：雖然如此，但是手錶太貴了。

A（男）：嗯，那襯衫如何？

B（女）：男朋友是學生，所以不穿襯衫。

A（男）：啊，那手帕也不錯，價錢也便宜。

B（女）：嗯，手帕作為禮物不怎麼好。

A（男）：那，包包怎麼樣？

B（女）：包包嗎？嗯...好啊。我有優惠券。

A（男）：好的，請給我。

Unit 05 오늘 뭐 해요? 今天做什麼呢？

Track 025

1 ❶ A(남): 지금 몇 시예요?　B(여): 2시 15분이에요.
　❷ A(남): 지금 몇 시예요?　B(여): 9시 27분이에요.
　❸ A(남): 몇 시에 자요?　B(여): 11시 40분에 자요.
　❹ A(남): 몇 시에 저녁 먹어요?　B(여): 7시 반에 먹어요.

　❶ A（男）：現在幾點？
　　B（女）：2 點 15 分。
　❷ A（男）：現在幾點？
　　B（女）：9 點 27 分。
　❸ A（男）：幾點睡覺？
　　B（女）：11 點 40 分睡覺。
　❹ A（男）：幾點吃晚飯？
　　B（女）：7 點半吃。

Track 026

2 A(남): 오늘이 며칠이에요?
　B(여): 6월 3일이에요.
　A(남): 오늘이 수요일이에요?
　B(여): 아니요, 목요일이에요. 어제가 수요일이에요.
　A(남): 그럼 12일이 무슨 요일이에요?
　B(여): 12일은 토요일이에요.

　A（男）：今天是幾號？
　B（女）：6 月 3 日。
　A（男）：今天是星期三嗎？
　B（女）：不是，是星期四。昨天是星期三。
　A（男）：那 12 號是星期幾？
　B（女）：12 號是星期六。

Track 027

3 ❶ A(여): 지금 뭐 해요?
　　B(남): 운동해요.
　❷ A(여): 오늘 뭐 해요?
　　B(남): 친구를 만나요.
　❸ A(여): 어디에서 산책해요?

B(남): 공원에서 산책해요.

❹ A(여): 지금 아침을 먹어요?
　B(남): 네, 아침 먹어요.

❺ A(남): 사라 씨, 집에 가요?
　B(여): 아니요, 도서관에 가요.

❻ A(남): 한국어 책이 많아요. 한국어를 가르쳐요?
　B(여): 아니요, 한국어를 공부해요.

❶ A（女）：你現在在做什麼？
　B（男）：在運動。
❷ A（女）：你今天要做什麼？
　B（男）：跟朋友見面。
❸ A（女）：在哪裡散步？
　B（男）：在公園裡散步。
❹ A（女）：現在吃早飯嗎？
　B（男）：是的，吃早飯。
❺ A（男）：薩拉小姐，妳要回家嗎？
　B（女）：不，我要去圖書館。
❻ A（男）：好多韓文書，妳在教韓文嗎？
　B（女）：不是，我在學韓文。

Track 028

4 ❶ A(남): 수요일에 뭐 해요?
　　B(여): 요가 배워요.

❷ A(남): 오늘 학교에 가요?
　B(여): 네, 오늘 학교에 가요. 목요일에도 가요.

❸ A(남): 금요일에 뭐 해요?
　B(여): 친구를 만나요.
　A(남): 몇 시에 만나요?
　B(여): 7시에 만나요.

❹ A(남): 언제 영화를 봐요?
　B(여): 일요일 5시에 봐요.

❺ A(남): 생일이 언제예요?
　B(여): 10월 10일이에요. 이번 주 토요일이에요.

❶ A（男）：星期三要做什麼？
　B（女）：學瑜伽。
❷ A（男）：今天要去學校嗎？
　B（女）：是的，今天要去學校。星期四也要
　　　　　去。
❸ A（男）：妳星期五要做什麼？
　B（女）：跟朋友見面。
　A（男）：你們約幾點見？
　B（女）：我們約 7 點見。

④ A（男）：什麼時候要看電影？
　　B（女）：星期日 5 點。

⑤ A（男）：生日是什麼時候？
　　B（女）：10 月 10 日，這個星期六。

Track 029

5 ❶ A(여): 은행이 몇 시에 열어요?
　　B(남): 9시에 열어요.

❷ A(여): 도서관이 일요일에도 열어요?
　　B(남): 네, 열어요
　　A(여): 몇 시까지 열어요?
　　B(남): 8시까지 열어요.

❸ A(남): 월요일에 몇 시에 회의가 있어요?
　　B(여): 11시에 있어요.
　　A(남): 어디에서 있어요?
　　B(여): 113호에서 있어요.

❹ A(남): 금요일에 시간 있어요?
　　B(여): 네, 있어요. 왜요?
　　A(남): 같이 콘서트에 가요.
　　B(여): 몇 시에 어디에서 만나요?
　　A(남): 6시에 커피숍에서 만나요.

❶ A（女）：銀行幾點開門？
　　B（男）：9 點開。

❷ A（女）：圖書館星期日也開放嗎？
　　B（男）：對，有開放。
　　A（女）：開放到幾點？
　　B（男）：開放到 8 點。

❸ A（男）：星期一幾點有會議？
　　B（女）：11 點。
　　A（男）：在哪裡？
　　B（女）：在 113 號（辦公室）。

❹ A（男）：星期五有時間嗎？
　　B（女）：嗯，有啊，怎樣了？
　　A（男）：一起去演唱會吧。
　　B（女）：幾點在哪裡見面？
　　A（男）：6 點在咖啡廳見面。

Track 030

6 저는 아침 6시 30분에 일어나요. 아침을 안 먹어요. 7시 30분에 집에서 떠나요. 8시부터 회사에서 일해요. 12시에 점심을 먹어요. 5시쯤에 일이 끝나요. 일이 끝나고 보통 집에 가요. 그렇지만 월요일 저녁에는 6시부터 8시까지 영어를 배워요. 그리고 수요일 저녁에는 헬스클럽에 가요. 6시 30분부터 1시간 동안 운동해요. 금요일 저녁에는 회사 사람들하고 술 마셔요. 그리고 집에 돌아와요. 보통 11시에 자요.

我早上 6 點 30 分起床，不吃早餐。7 點 30 分從家裡離開。8 點開始在公司工作。12 點吃午餐。5 點左右工作結束。平常工作結束後就回家。但是星期一晚上從 6 點到 8 點要學英語。還有星期三晚上會去健身房。6 時 30 分開始運動 1 個小時。星期五晚上跟公司的人們一起喝酒，然後回家。一般來說 11 點睡覺。

Unit 06　집에 어떻게 가요? 你要怎麼回家？

Track 032

1 ❶ A(남): 호텔에 어떻게 가요?
　　B(여): 택시를 타요.

❷ A(남): 학교에 어떻게 가요?
　　B(여): 지하철로 가요.

❸ A(남): 집에 어떻게 가요?
　　B(여): 버스 타고 가요.

❹ A(남): 슈퍼마켓에 어떻게 가요?
　　B(여): 걸어서 가요.

❺ A(남): 회사에 어떻게 가요?
　　B(여): 지하철을 타요. 그리고 버스로 갈아타요.

❻ A(남): 서울역에 어떻게 가요?
　　B(여): 지하철 2호선을 타세요. 그리고 4호선으로 갈아타세요.

❶ A（男）：怎麼去飯店？
　　B（女）：坐計程車。

❷ A（男）：怎麼去上學？
　　B（女）：搭地鐵去。

❸ A（男）：怎麼回家？
　　B（女）：坐公車回去。

❹ A（男）：怎麼去超市？
　　B（女）：用走的去。

❺ A（男）：怎麼去公司？
　　B（女）：坐地鐵去，然後再轉公車。

❻ A（男）：怎麼去首爾站？
　　B（女）：請坐地鐵 2 號線，然後再換乘 4 號線。

Track 033

2 ❶ A(여): 어디에 가요?
　　B(남): 학교에 가요.
　　A(여): 학교까지 어떻게 가요?
　　B(남): 지하철로 가요.
　　A(여): 얼마나 걸려요?

B(남): 30분쯤 걸려요.

❷ A(남): 어디에 살아요?
B(여): 분당에 살아요.
A(남): 분당에서 회사까지 어떻게 와요?
B(여): 버스 타고 와요.
A(남): 버스로 얼마나 걸려요?
B(여): 1시간쯤 걸려요.

❸ A(여): 어느 나라에서 오셨어요?
B(남): 말레이시아에서 왔어요.
A(여): 말레이시아에서 한국까지 얼마나 걸려요?
B(남): 비행기로 6시간쯤 걸려요.

❹ A(남): 남산에 어떻게 가요?
B(여): 지하철 4호선을 타고 충무로역에서 내리세요.
그리고 2번 버스를 타세요.
A(남): 여기서 가까워요?
B(여): 네, 가까워요. 한 20분쯤 걸려요.

❺ A(여): 경주에 어떻게 가요?
B(남): 서울역에서 KTX 기차를 타세요. 그리고 동대구
에서 갈아타세요.
A(여): 동대구에서 갈아타요?
B(남): 네. 거기서 경주행 기차로 갈아타세요.
A(여): 얼마나 걸려요?
B(남): 3시간쯤 걸려요.

---

❶ A（女）：你要去哪裡？
B（男）：去上學。
A（女）：要怎麼去學校？
B（男）：搭地鐵去。
A（女）：需要花多久時間？
B（男）：大約 30 分鐘左右。

❷ A（男）：請問您住在哪裡？
B（女）：我住在盆唐。
A（男）：妳怎麼從盆唐來公司的？
B（女）：坐公車來。
A（男）：坐公車需要花多久時間？
B（女）：大概要花 1 個小時。

❸ A（女）：您來自哪個國家？
B（男）：我從馬來西亞來的。
A（女）：從馬來西亞到韓國需要花多久時
間？
B（男）：搭飛機需要 6 個小時左右。

❹ A（男）：請問要怎麼去南山？
B（女）：請搭地鐵 4 號線在忠武路站下車，
然後再坐 2 號公車。
A（男）：離這邊近嗎？

B（女）：是的，不遠。大約要 20 分鐘左右。

❺ A（女）：請問要怎麼去慶州？
B（男）：請在首爾站乘坐 KTX，然後在東大
邱換乘。
A（女）：在東大邱換乘嗎？
B（男）：是的。請在那裡改搭開往慶州的火
車。
A（女）：需要花多久時間呢？
B（男）：大概會花 3 個小時左右。

Track 034

3 ❶ A(여): 아저씨, 이 버스 명동 가요?
B(남): 네, 갑니다. 타세요.

❷ A(여): 이 지하철이 수원 가요?
B(남): 네, 갑니다.

❸ A(남): 서울역 다 왔습니다. 손님.
B(여): 네, 여기 세워 주세요.
A(남): 5,000원입니다.
B(여): 네, 여기 있어요.

❹ A(여): 여기가 광화문이에요?
B(남): 네, 이번 정류장에서 내리세요.

❺ A(여): 저, 시청역 가는 버스 어디서 타요?
B(남): 저쪽에서 타세요.

❶ A（女）：大叔，這班公車有到明洞嗎？
B（男）：是的，有。請上車。

❷ A（女）：這班地鐵有到水源嗎？
B（男）：是的，有。

❸ A（男）：客人，已經到首爾車站了。
B（女）：好的，請在這裡停車。
A（男）：5,000 韓元。
B（女）：好的，這裡。

❹ A（女）：這裡是光化門嗎？
B（男）：是的，請在這站下車。

❺ A（女）：那個，請問去市政府站的公車要在
哪裡搭呢？
B（男）：請在那邊搭乘。

Track 035

4 ❶ 이번 역은 사당, 사당역입니다. 내리실 문은 오른쪽입
니다.

❷ 부산행 3시 기차 출발하겠습니다. 출입문 닫습니다.

❸ 이번 정류장은 현대아파트입니다. 다음은 롯데백화점입
니다.

❹ 비행기가 곧 이륙하겠습니다. 안전벨트를 매주시기 바
랍니다.

❶ 本次停靠站是舍堂，舍堂站，請從右側的門下車。

❷ 3 點開往釜山的列車就要出發了，車門即將關閉。

❸ 本次停靠站是現代公寓，下一站，樂天百貨。

❹ 飛機即將起飛，請繫好安全帶。

Track 036 / Track 037

5 폴: 여보세요. 지수 씨? 안녕하세요? 저 폴이에요.
지수: 어머! 폴 씨, 한국에 왔어요?
폴: 네, 지금 서울이에요.
지수: 그럼 부산에도 오세요.
폴: 네, 가고 싶어요. 어떻게 가면 돼요?
지수: 서울역에서 KTX를 타세요.
폴: KTX요?
지수: KTX는 빠른 기차예요. 부산까지 2시간 40분 걸려요.
폴: 그럼, 서울역까지는 어떻게 가요?
지수: 서울역까지 지하철 타세요.
폴: 네, 알겠어요.
지수: 그 다음 부산에 도착하면 해운대로 오세요.
폴: 해운대요? 어떻게 가요?
지수: 지하철도 있지만 버스가 편해요. 240번 버스를 타세요. 40분쯤 걸려요.
폴: 해운대에서 집이 가까워요?
지수: 네, 가까워요. 걸어서 10분쯤 걸려요. (잠시 후) 폴 씨, 다 적었어요?
폴: 네, 다 적었어요.
지수: 그럼 부산에서 봐요.

保羅：喂，智秀小姐？妳好嗎？我是保羅。
智秀：天呀！保羅先生，你來韓國了嗎？
保羅：是的，現在在首爾。
智秀：那麼也來釜山吧。
保羅：好啊，我想去，要怎麼去？
智秀：請在首爾站乘坐 KTX。
保羅：KTX 嗎？
智秀：KTX 是高速列車。到釜山要花 2 小時 40 分鐘。
保羅：那麼，要怎麼到首爾站？
智秀：請搭地鐵到首爾站。
保羅：好的，我知道了。
智秀：接著，到了釜山，請到海雲臺來。
保羅：海雲臺嗎？要怎麼去？
智秀：雖然也有地鐵，但是公車更方便，請搭 240 號公車。大約搭 40 分鐘左右。
保羅：妳家離海雲臺很近嗎？

智秀：是的，很近。步行大約花 10 分鐘。（一會兒）保羅先生，都寫下來了嗎？
保羅：是的，都寫下來了。
智秀：那在釜山見喔。

Unit 07 취미가 뭐예요? 你的興趣是什麼？

Track 039

1 ❶ A(여): 뭐 하세요?　　　　B(남): 컴퓨터 게임 해요.
❷ A(여): 어디에 가세요?　　　B(남): 축구 하러 가요.
❸ A(여): 스케이트 잘 타세요?　B(남): 조금 타요.
❹ A(여): 등산 좋아하세요?　　B(남): 네, 좋아해요.

❶ A（女）：你在做什麼？
　B（男）：玩電腦遊戲。
❷ A（女）：去哪裡？
　B（男）：去踢足球。
❸ A（女）：你很會溜冰嗎？
　B（男）：會一點。
❹ A（女）：您喜歡爬山嗎？
　B（男）：是的，我喜歡。

Track 040

2 ❶ A(남): 취미가 뭐예요?
　B(여): 스키 좋아해요.
　A(남): 스키 잘 타요?
　B(여): 잘 못 타요. 요즘 배우고 있어요.

❷ A(여): 취미가 뭐예요?
　B(남): 피아노 음악 자주 들어요.
　A(여): 피아노 잘 쳐요?
　B(남): 아니요, 못 쳐요.

❸ A(남): 시간이 있을 때 뭐 해요?
　B(여): 미술관에 가서 그림 구경해요.
　A(남): 그림 잘 그려요?
　B(여): 못 그려요. 그냥 그림 보는 것 좋아해요.

❹ A(여): 시간이 있을 때 뭐 해요?
　B(남): 사진 찍어요.
　A(여): 무슨 사진을 찍어요?
　B(남): 경치 사진 찍는 거 좋아해요.

❶ A（男）：妳的興趣是什麼？
　B（女）：我喜歡滑雪。
　A（男）：滑得好嗎？
　B（女）：滑得不好，最近正在學習。
❷ A（女）：你的興趣是什麼？
　B（男）：我常聽鋼琴音樂。
　A（女）：你鋼琴彈得好嗎？

B（男）：不，我不會彈。

❸ A（男）：妳有時間的時候會做什麼？
B（女）：去美術館賞畫。
A（男）：妳很會畫畫嗎？
B（女）：我不會畫畫，只是喜歡看畫。

❹ A（女）：你有時間的時候會做什麼？
B（男）：拍照。
A（女）：拍什麼照片呢？
B（男）：我喜歡拍風景照。

3 ❶ A(남): 음악 자주 들어요?
B(여): 네, 그럼요.
A(남): 영화는요?
B(여): 영화도 자주 봐요.

❷ A(남): 운동 자주 하세요?
B(여): 네, 매일 수영해요.
A(남): 그래요? 저는 보통 테니스 쳐요.
B(여): 저는 테니스 못 쳐요.

❸ A(남): 와, 피아노 쳐요?
B(여): 조금 쳐요. 기타를 더 잘 쳐요.
A(남): 그래요?
B(여): 네. 기타는 매일 쳐요. 그렇지만 피아노는 가끔
쳐요.

❹ A(남): 같이 노래방 갈까요?
B(여): 노래방이요? 음, 저는 노래방 안 좋아해요.
A(남): 그럼 맥주 마시러 갈래요?
B(여): 술도 잘 안 마시는데.
A(남): 그래도 같이 가요.

❶ A（男）：妳常聽音樂嗎？
B（女）：是的，當然。
A（男）：電影呢？
B（女）：也經常看電影。

❷ A（男）：妳經常做運動嗎？
B（女）：是的，我每天游泳。
A（男）：是嗎？我一般都打網球。
B（女）：我不會打網球。

❸ A（男）：哇，妳會彈鋼琴嗎？
B（女）：會一點，吉他彈得更好。
A（男）：真的啊？
B（女）：是的。我每天彈吉他，但偶爾才會
彈鋼琴。

❹ A（男）：要一起去ＫＴＶ嗎？
B（女）：ＫＴＶ嗎？嗯，我不喜歡ＫＴＶ。

A（男）：那去喝啤酒呢？
B（女）：酒也都不怎麼喝。
A（男）：即使這樣，還是一起去吧。

4 ❶ A(남): 주말에 뭐 해요?
B(여): 그냥 집에 있어요.
A(남): 그럼 같이 영화 볼까요?
B(여): 네, 좋아요.

❷ A(여): 마크 씨, 야구 좋아해요?
B(남): 야구 잘 못하지만 야구 구경은 좋아해요.
A(여): 그럼 같이 구경 가요.

❸ A(남): 가수 '지훈' 좋아해요?
B(여): 네, 좋아해요.
A(남): 콘서트 표가 있어요. 같이 갈까요?
B(여): 네, 좋아요.

❹ A(여): 어디 가세요?
B(남): 친구가 사진 전시회를 해요. 그래서 거기 가요.
A(여): 저도 사진 좋아해요. 같이 가요.
B(남): 네, 좋아요.

❶ A（男）：妳週末要做什麼？
B（女）：就待在家裡。
A（男）：那我們一起看電影怎麼樣？
B（女）：嗯，好啊。

❷ A（女）：馬克先生，你喜歡棒球嗎？
B（男）：雖然我不太會打棒球，但是我喜歡
看棒球。
A（女）：那一起去看吧。

❸ A（男）：妳喜歡歌手智勳嗎？
B（女）：是的，我喜歡。
A（男）：我有演唱會門票，要一起去嗎？
B（女）：嗯，好啊。

❹ A（女）：你要去哪兒？
B（男）：朋友開攝影展，所以要去那邊。
A（女）：我也喜歡照片，一起去吧。
B（男）：嗯，好啊。

5 준호: 사라 씨, 주말에 보통 뭐 해요?
사라: 보통 남자 친구 만나요. 가끔 영화도 봐요.
준호: 아, 남자 친구 만나는군요. 릴리 씨도 주말에 데이
트해요?
릴리: 아니요, 저는 남자 친구 없어요. 보통 콘서트에 가
요.
준호: 아, 그래요? 다음에는 저하고 같이 가요. 저도 음악
좋아해요.

사라: 준호 씨는 친구들하고 술 자주 마시지 않아요?
준호: 술 자주 안 마셔요. 보통 주말에는 집에서 쉬어요.
　　　아니면 달리기 해요.
릴리: 아, 운동 좋아하는군요. 저도 운동 좋아해요.
준호: 릴리 씨는 무슨 운동을 좋아하세요?
릴리: 테니스를 자주 쳐요.
준호: 그래요? 저도 테니스를 배우고 싶어요.

俊浩：薩拉小姐，妳週末通常都在做什麼？
薩拉：一般都會跟男朋友見面，偶爾也會看電
　　　影。
俊昊：啊，原來是跟男朋友見面啊。莉莉小姐妳
　　　週末也會去約會嗎？
莉莉：沒有，我沒有男朋友。一般會去聽演唱
　　　會。
俊昊：啊，是嗎？下次和我一起去吧。我也喜歡
　　　音樂。
薩拉：俊昊先生不會經常和朋友們一起喝酒嗎？
俊昊：我不常喝酒，通常週末都在家休息，或是
　　　去跑步。
莉莉：啊，你喜歡運動啊，我也喜歡運動。
俊昊：莉莉小姐喜歡什麼運動？
莉莉：我經常打網球。
俊昊：是嗎？我也想學網球。

Unit 08 휴가 어땠어요? 假期過得如何？

Track 045

1 ❶ A(남): 어제 뭐 했어요?
　　B(여): 집에서 쉬었어요

　❷ A(여): 여름 방학에 뭐 했어요?
　　B(남): 등산 했어요.

　❸ A(남): 지난 휴가에 뭐 했어요?
　　B(여): 아이들하고 영화를 봤어요.

　❹ A(남): 지난 주말에 뭐 했어요?
　　B(여): 남자 친구하고 놀이 공원에 갔어요.

　❺ A(여): 겨울 방학에 뭐 했어요?
　　B(남): 스키 타러 갔다 왔어요.

　❻ A(남): 이번 휴가에 뭐 할 거예요?
　　B(여): 바닷가에 가서 수영할 거예요.

❶ A（男）：昨天做了什麼？
　 B（女）：在家休息了。

❷ A（女）：你暑假做了什麼？
　 B（男）：去爬山了。

❸ A（男）：妳上次休假做了些什麼事？

B（女）：和孩子們一起看電影了。

❹ A（男）：妳上週末做了什麼？
　 B（女）：我和男朋友一起去了遊樂園。

❺ A（女）：你寒假在幹嘛？
　 B（男）：我去滑雪了。

❻ A（男）：妳這次休假要做什麼？
　 B（女）：我要去海邊游泳。

Track 046

2 ❶ 저는 이번 여행에 물건을 많이 안 가지고 갈 거예요.
친구 집에 가거든요. 그래서 작은 가방이면 돼요. 친구
한테 줄 선물을 가지고 갈 거예요. 카메라를 가지고 가
서 친구하고 사진을 많이 찍을 거예요. 책은 안 가지고
가요. 그렇지만 음악을 좋아하니까 mp3를 가지고 가
요.

❷ 우리는 2박 3일로 여행을 가요. 거기에는 산하고 호수
가 있어요. 아주 아름다워요. 주로 등산을 할 거예요.
그래서 등산화, 등산복을 가지고 가요. 잠은 텐트에서
잘 거예요. 텐트, 침낭 다 있어요. 음식도 가지고 가서
만들어 먹을 거예요. 약도 좀 가지고 가요.

❸ 저는 이번 여름 휴가에 해외로 가요. 그래서 여권은 꼭
있어야 해요. 또 운전면허증도 가지고 가요. 그곳은 섬
이에요. 경치 좋은 곳에 호텔을 예약했어요. 거기서 쉬
고 수영도 할 거니까 수영복을 가지고 가야지요. 또 차
를 빌려서 섬을 돌아볼 거예요. 그래서 관광 안내 책이
필요해요. 그곳 도로 지도도 살 거예요.

❶ 這次旅行我不會帶很多東西去，因為是要去朋
友家。所以只要小包包就可以了。我會帶要送
給朋友的禮物。我還要帶相機去，跟朋友一起
拍很多照片。書就不帶去了，但是我喜歡音
樂，所以會帶 mp3 去。

❷ 我們要去三天兩夜的旅行。那裡有山和湖泊，
非常地漂亮。主要是去爬山，所以會帶登山
鞋、登山服去。 我們將會睡在帳篷裡，我們
有帳篷和睡袋，也會帶食物去做些東西吃。還
會帶點藥去。

❸ 今年暑假我要出國。所以我一定要有護照。還
有，我也會帶我的駕照去。那邊是一座島嶼，
我在風景美麗的地方預約了一家飯店。我要在
那裡休息跟游泳，所以我必須帶上我的泳衣。
我還會租一輛車，在島上遊覽，所以我需要一
本旅遊指南，也會買一張那邊的地圖。

Track 047

3 ❶ 거기는 옛날 건물이 멋있어요. 작은 카페하고 식당도
많아요. 예술품을 파는 가게들을 구경하는 것이 재미있

어요. 미술관하고 박물관도 꼭 가보세요.

❷ 거기는 섬이에요. 조용하고 경치가 아름다워요. 차나 자전거를 타고 구경하세요. 보통 신혼여행으로 많이 가요.

❸ 거기는 온천이 유명해요. 근처에는 숲이 있어요. 산책하고 쉬기 아주 좋아요.

❹ 그 마을은 산 속에 있어요. 경치가 아주 좋아요. 사람들이 등산하러 많이 가요. 또 겨울에는 스키도 탈 수 있어요.

❺ 그곳은 바닷가예요. 해변이 넓어서 좋아요. 스쿠버 다이빙도 할 수 있어요. 나이트 클럽도 많고 술집도 많아요. 그래서 젊은 사람들이 많이 가요.

---

❶ 那裡的老建築物很帥氣，也有許多小咖啡廳和餐館。去逛賣藝術品的商店很有趣，美術館和博物館也一定要看看喔。

❷ 那是一座島嶼，很安靜，風景很美。請騎腳踏車或搭車遊覽。通常很多人去那邊度蜜月。

❸ 那裡溫泉很有名。附近有樹林，非常適合散步和休息。

❹ 那個村子在山裡面，風景非常好。人們經常去爬山，而且冬天還可以滑雪。

❺ 那裡是海邊。因為海岸寬闊所以很喜歡，而且還可以潛水。也有很多的夜店和酒吧，所以有很多年輕人會去。

Track 048

4 ❶ 거기는 옛날 건물이 멋있어요. 작은 카페하고 식당도 많아요. 예술품을 파는 가게들을 구경하는 것이 재미있어요. 미술관하고 박물관도 꼭 가보세요.

❷ 거기는 섬이에요. 조용하고 경치가 아름다워요. 차나 자전거를 타고 구경하세요. 보통 신혼여행으로 많이 가요.

❸ 거기는 온천이 유명해요. 근처에는 숲이 있어요. 산책하고 쉬기 아주 좋아요.

❹ 그 마을은 산 속에 있어요. 경치가 아주 좋아요. 사람들이 등산하러 많이 가요. 또 겨울에는 스키도 탈 수 있어요.

❺ 그곳은 바닷가예요. 해변이 넓어서 좋아요. 스쿠버 다이빙도 할 수 있어요. 나이트 클럽도 많고 술집도 많아요. 그래서 젊은 사람들이 많이 가요.

---

❶ 那裡的老建築物很帥氣，也有許多小咖啡廳和餐館。去逛賣藝術品的商店很有趣，美術館和博物館也一定要看看喔。

---

❷ 那是一座島嶼，很安靜，風景很美。請騎腳踏車或搭車遊覽。通常很多人去那邊度蜜月。

❸ 那裡溫泉很有名。附近有樹林，非常適合散步和休息。

❹ 那個村子在山裡面，風景非常好。人們經常去爬山，而且冬天還可以滑雪。

❺ 那裡是海邊。因為海岸寬闊所以很喜歡，而且還可以潛水。也有很多的夜店和酒吧，所以有很多年輕人會去。

Track 049

5 A(남): 휴가 어땠어요?
B(여): 우리가 간 곳은 호수가 있고 뒤에 산이 있는 아름다운 곳이에요.
A(남): 와, 그런 곳이 있어요?
B(여): 그럼요. 배를 타고 호숫가 여러 마을에 갈 수 있어요. 어떤 마을에는 옛날 집들이 있고 어떤 마을에는 예쁜 가게가 있어요.
A(남): 쇼핑도 했어요?
B(여): 네, 하지만 살 게 많지 않았어요. 기념품은 괜찮았어요.
A(남): 무엇이 제일 좋았어요?
B(여): 사람들이 아주 친절했고, 음식도 맛있었어요.
A(남): 호텔은 괜찮았어요?
B(여): 그게……. 호텔은 별로였어요. 안 깨끗했어요.

A（男）：假期過得如何？
B（女）：我們去的是一個有湖泊，後面有山的美麗地方。
A（男）：哇，有那種地方嗎？
B（女）：當然了。還可以乘船到湖邊的各個村莊。有的村莊裡面有許多老房子，有的村莊裡面有漂亮的店鋪。
A（男）：妳也有買東西嗎？
B（女）：是的，但能買的東西不多，紀念品還不錯。
A（男）：妳最喜歡什麼？
B（女）：人們非常親切，食物也很好吃。
A（男）：飯店還好嗎？
B（女）：那個...飯店不怎麼樣，不乾淨。

Track 050

6 수진: 마크 씨, 휴가 잘 갔다 왔어요?
마크: 네, 잘 갔다 왔어요. 여기 사진 있어요.
수진: 이 사람들이 누구예요?
마크: 제 친구들이에요. 출발하기 전에 찍은 사진이에요.
수진: 어디에 갔어요?
마크: 바닷가예요. 근처에 산도 있어요.

수진: 어떻게 갔어요? 차로 아니면 기차로?

마크: 기차 타고 갔어요.

수진: 가서 뭐 했어요?

마크: 그곳이 바다 낚시로 유명요. 그래서 첫날에는 낚시했어요.

수진: 바다 낚시요?

마크: 네, 그리고 저녁에는 그 물고기로 요리했어요.

수진: 아 참. 마크 씨 요리 잘 하지요? 그럼 잠은 어디서 잤어요?

마크: 캠핑했어요.

수진: 캠핑요?

마크: 네, 텐트 치고 잤어요.

수진: 와, 좋았겠어요. 또 뭐 했어요?

마크: 그 다음날 오전에 요트 타고 오후에는 수영 했어요.

수진: 낚시하고 요리하고 캠핑하고 요트 타고 수영도 하고…… 안 피곤했어요?

마크: 아니요. 마지막 날에는 등산도 했어요.

수진: 등산도요?

마크: 네, 정말 재미있었어요.

秀珍：馬克，休假玩得還開心嗎？

馬克：是的，玩得很開心，這裡有照片。

秀珍：這些人是誰呀？

馬克：是我的朋友，這是出發前拍的照片。

秀珍：你們去哪裡玩呢？

馬克：海邊，附近也有山。

秀珍：你們是怎麼過去的？開車還是搭火車？

馬克：我們搭火車去的。

秀珍：去那邊做什麼呢？

馬克：那裡的海釣很有名，所以第一天的時候去釣魚了。

秀珍：海釣嗎？

馬克：是的，然後晚餐就煮我們釣到的魚。

秀珍：哎呀，馬克你很會做菜吧？那你們在哪裡過夜的？

馬克：我們是露營。

秀珍：露營？

馬克：是的，我們搭帳篷睡。

秀珍：哇，一定很歡樂。你們還做了什麼？

馬克：隔天早上我們去搭遊艇，下午去游泳。

秀珍：又是釣魚，又做料理，又露營，又搭遊艇，又是游泳…不累嗎？

馬克：不累，我們最後一天還去爬山。

秀珍：還爬山？

馬克：是啊，真的很好玩。

Unit 09 비빔밥 하나 주세요 請給我一份拌飯

Track 052

1 ❶ A(여): 어서 오세요. 두 분이세요?

  B(남): 아니요. 세 명이에요. 한 명이 더 올 거예요.

  A(여): 네, 이쪽으로 오세요.

❷ A(여): 여기요. 주문 좀 받으세요.

  B(남): 네, 뭘 드릴까요?

  A(여): 비빔밥 하나 주세요.

❸ A(여): 잘 먹었습니다.

  B(남): 더 드세요.

  A(여): 아니에요. 많이 먹었습니다.

❹ A(남): 여기 얼마예요?

  B(여): 모두 2만 5천 원입니다.

  A(남): 카드로 되지요?

  B(여): 네.

❺ A(남): 불고기 버거 하나하고 콜라 한 잔 주세요.

  B(여): 여기서 드실 거예요? 가지고 가실 거예요?

  A(남): 여기서 먹을 거예요.

  (잠시 후)

  B(여): 손님, 주문하신 불고기 버거하고 음료수 나왔습니다.

❶ A（女）：歡迎光臨，兩位嗎？

  B（男）：不是，是 3 個人，還會再來一個人。

  A（女）：好的，請往這邊走。

❷ A（女）：這裡，我要點餐。

  B（男）：好的，您需要什麼？

  A（女）：請給我一份拌飯。

❸ A（女）：吃得很滿足。

  B（男）：再多吃點。

  A（女）：不用了，已經吃很多了。

❹ A（男）：這裡多少錢？

  B（女）：一共是 2 萬 5 千韓元。

  A（男）：能用信用卡嗎？

  B（女）：可以。

❺ A（男）：給我一個烤肉漢堡和一杯可樂。

  B（女）：要在這裡吃嗎？ 還是要帶走？

  A（男）：要在這裡吃。

  （稍後）

  B（女）：客人，您點的烤肉漢堡和飲料好了。

Track 053

2 ❶ A(여): 어서 오세요. 두 분이세요?

  B(남): 아니요. 세 명이에요. 한 명이 더 올 거예요.

  A(여): 네, 이쪽으로 오세요.

② A(여): 여기요. 주문 좀 받으세요.
　　B(남): 네, 뭘 드릴까요?
　　A(여): 비빔밥 하나 주세요.

③ A(여): 잘 먹었습니다.
　　B(남): 더 드세요.
　　A(여): 아니에요. 많이 먹었습니다.

④ A(남): 여기 얼마예요?
　　B(여): 모두 2만 5천 원입니다.
　　A(남): 카드로 되지요?
　　B(여): 네.

⑤ A(남): 불고기 버거 하나하고 콜라 한 잔 주세요.
　　B(여): 여기서 드실 거예요? 가지고 가실 거예요?
　　A(남): 여기서 먹을 거예요.
　　(잠시 후)
　　B(여): 손님, 주문하신 불고기 버거하고 음료수 나왔습니다.

────────────────

① A（女）：歡迎光臨，兩位嗎？
　　B（男）：不是，是 3 個人，還會再來一個人。
　　A（女）：好的，請往這邊走。

② A（女）：這裡，我要點餐。
　　B（男）：好的，您需要什麼？
　　A（女）：請給我一份拌飯。

③ A（女）：吃得很滿足。
　　B（男）：再多吃點。
　　A（女）：不用了，已經吃很多了。

④ A（男）：這裡多少錢？
　　B（女）：一共是 2 萬 5 千韓元。
　　A（男）：能用信用卡嗎？
　　B（女）：可以。

⑤ A（男）：給我一個烤肉漢堡和一杯可樂。
　　B（女）：要在這裡吃嗎？還是要帶走？
　　A（男）：要在這裡吃。
　　（稍後）
　　B（女）：客人，您點的烤肉漢堡和飲料好了。

Track 054

3 ① 모두 몇 분이세요?
　② 예약하셨습니까?
　③ 주문하시겠어요?
　④ 가지고 가실 거예요?
　⑤ 더 필요한 것 없으세요?

────────────────

① 請問一共幾位？
② 請問有預約了嗎？
③ 請問要點餐了嗎？

④ 請問要帶走嗎？
⑤ 請問還需要什麼嗎？

Track 055

4 ① A(남): 여보세요. 전주 식당입니다.
　　B(여): 예약하려고 하는데요.
　　A(남): 언제 오실 거예요?
　　B(여): 이번 주 토요일 점심요.
　　A(남): 토요일이면, 18일요? 시간은 몇 시로 할까요?
　　B(여): 1시요.
　　A(남): 모두 몇 분이시죠?
　　B(여): 모두 6명이에요.
　　A(남): 18일 토요일 점심 여섯 분 예약해 드리겠습니다. 성함과 연락처를 알려 주세요.
　　B(여): 이름은 이수진, 연락처는 010-296-3141입니다.
　　A(남): 예약됐습니다.

② 종업원: 손님, 주문하시겠어요?
　　손님1: 잠깐만 기다려 주세요. (여자 손님에게) 뭐 먹을까요?
　　손님2: 이 식당은 뭐가 맛있어요?
　　손님1: 불고기도 맛있고 갈비도 맛있어요.
　　손님2: 그럼, 불고기하고 갈비를 시켜요.
　　손님1: 좋아요. 불고기 1인분하고 갈비 2인분 주세요.
　　종업원: 네. 음료수는요?
　　손님1: 맥주 2병 주세요.
　　종업원: 알겠습니다.

③ A(남): 여보세요. 피자 나라입니다.
　　B(여): 피자 배달 되지요?
　　A(남): 네. 주소가 어떻게 되시죠?
　　B(여): 현대아파트 3동 801호요.
　　A(남): 무슨 피자 주문하시겠습니까?
　　B(여): 야채 피자하고 치즈 피자 작은 걸로 하나씩 갖다 주세요.
　　A(남): 네. 알겠습니다. 다른 거 더 필요한 거 없으세요?
　　B(여): 콜라도 한 병 갖다 주세요.
　　A(남): 네, 감사합니다.

────────────────

① A（男）：喂？這裡是全州餐廳。
　　B（女）：我想要預約。
　　A（男）：您什麼時候要來？
　　B（女）：這個週六的中午。
　　A（男）：週六的話，是 18 號嗎？時間要訂幾點？
　　B（女）：1 點。
　　A（男）：一共有幾位？
　　B（女）：一共有 6 個人。
　　A（男）：我幫您預約 18 號星期六中午 6 位。

　　　　請告訴我姓名和聯絡電話。

　B（女）：名字是李秀珍，電話是 010-296-3141。

　A（男）：已幫您預約完成。

❷ 服務生：客人，您要點餐了嗎？

　客人1：請稍等一下。（問女生客人）妳要吃什麼？

　客人2：這家餐廳什麼好吃？

　客人1：烤肉很好吃，排骨也很好吃。

　客人2：那麼，點烤肉和排骨吧。

　客人1：好。我要一人份的烤肉和兩人份的排骨。

　服務生：好的，那飲料呢？

　客人1：請給我兩瓶啤酒。

　服務生：知道了。

❸ A（男）：您好，這裡是披薩天國。

　B（女）：可以外送披薩吧？

　A（男）：是的，請問地址是？

　B（女）：現代公寓 3 棟 801 號。

　A（男）：您要點什麼披薩？

　B（女）：請給我一份小的蔬菜披薩跟一份小的起司披薩。

　A（男）：好的，我知道了。請問還需要什麼嗎？

　B（女）：請給我一瓶可樂。

　A（男）：好的，謝謝您。

Track 056

5　A(여): 뭘 보고 있어요?

　B(남): 인터넷에서 맛있는 음식점을 찾고 있어요. 부모님이 내일 한국에 오세요.

　A(여): 아, 그래요? 어디가 좋아요?

　B(남): 음, 여기 리뷰에는 맛김치 삼겹살 집이 제일 좋아요.

　A(여): 저도 거기 알아요.

　B(남): 어때요? 맛있어요?

　A(여): 김치도 맛있고 삼겹살도 맛있어요. 직원들도 친절해요.

　B(남): 그런데 부모님은 돼지고기를 안 좋아해요.

　A(여): 그럼 양식은 어때요? 이 집은 스테이크, 샐러드, 케익이 맛있다고 하네요.

　B(남): 음, 지하철역에서도 가까워서 좋아요. 그렇지만 양식은 집에서도 많이 먹어요.

　A(여): 아. 네. 그럼 생선 좋아하세요?

　B(남): 네, 부모님이 생선 좋아하세요.

　A(여): 일식 어때요? 이 일식집도 괜찮은데요. 넓고 깨끗하고.

B(남): 하지만 여기는 한국이니까 한국 음식이 좋아요.

A(여): 여기 한국 전통 음식을 하는 집이 있어요. 주말에는 더 싸요.

B(남): 내일이 토요일이니까 잘 됐어요. 거기서 먹어야겠어요. 도와 줘서 고마워요.

A（女）：你在看什麼？

B（男）：我在網路上找好吃的餐廳，我父母明天要來韓國。

A（女）：啊，是嗎？哪家店比較好？

B（男）：嗯，這邊的評論是說「泡菜五花肉」這家店最好吃。

A（女）：我也知道這家店。

B（男）：怎麼樣？好吃嗎？

A（女）：泡菜很好吃，五花肉也很好吃，工作人員也很親切。

B（男）：但是我父母不喜歡豬肉。

A（女）：那麼西餐怎麼樣？聽說這家的牛排、沙拉和蛋糕好吃。

B（男）：嗯，離地鐵站又近，很好。但是他們在家裡也經常吃西餐。

A（女）：啊，是喔。那你父母喜歡吃魚嗎？

B（男）：是的，我爸媽喜歡吃魚。

A（女）：日式料理怎麼樣？這家日式料理也不錯，寬敞又乾淨。

B（男）：但是這裡是韓國，所以韓國料理會比較好。

A（女）：這裡有一家做韓國傳統料理的餐廳，週末會更便宜。

B（男）：明天是星期六，太棒了。就去那裡吃了，謝謝妳的幫忙。

Unit 10　새해에는 운동을 할 거예요
我將在新的一年開始運動

Track 058

1　❶ A(남): 언제 졸업해요?
　　B(여): 올해 졸업해요.

　❷ A(남): 졸업 후에 뭐 할 거예요?
　　B(여): 회사에 취직할 거예요.

　❸ A(남): 언제 결혼할 거예요?
　　B(여): 내년에 결혼할 거예요.

　❹ A(남): 언제 집을 살 거예요?
　　B(여): 아마 5년 후에 살 거예요.

　❺ A(남): 언제 퇴직할 거예요?
　　B(여): 60살에 퇴직할 거예요.

⑥ A(남): 퇴직한 후에 뭐 할 거예요?
B(여): 여행할 거예요.

---

❶ A（男）：你什麼時候畢業？
B（女）：今年畢業。

❷ A（男）：畢業之後要做什麼？
B（女）：我要去公司上班。

❸ A（男）：什麼時候要結婚？
B（女）：明年會結婚。

❹ A（男）：什麼時候要買房子？
B（女）：可能5年後會買吧。

❺ A（男）：什麼時候要退休？
B（女）：60歲會退休。

❻ A（男）：退休後打算做什麼？
B（女）：我要去旅行。

Track 059

2 **❶** A(여): 다음 주말에 뭐 할 거예요?
B(남): 친구를 만날 거예요.
A(여): 여자 친구예요?
B(남): 아니요, 대학교 친구예요. 친구하고 같이 등산할
거예요.

❷ A(남): 오늘 저녁에 시간 있어요?
B(여): 아니요, 약속이 있어요.
A(남): 그럼, 내일 뭐 할 거예요?
B(여): 내일은 계획 없어요.
A(남): 그럼, 우리 같이 영화 봐요.
B(여): 네, 그래요.

❸ A(여): 아직도 수영하러 다녀요?
B(남): 네, 그런데 다음 주부터는 스쿼시 할 거예요.
A(여): 와, 폴 씨는 운동을 너무 좋아해요.

❹ A(여): 그 일 다 끝났어요?
B(남): 네, 다 했어요. 이제 좀 쉴 거예요.
A(여): 그럼 차 한 잔 드릴까요?
B(남): 아이구, 고마워요.

---

❶ A（女）：下週末你打算做什麼？
B（男）：我要去見朋友。
A（女）：女朋友嗎？
B（男）：不是，是大學同學。我要和朋友一
起爬山。

❷ A（男）：今天晚上有空嗎？
B（女）：沒有，我有約會。
A（男）：那麼，妳明天要做什麼？
B（女）：明天還沒有計劃。
A（男）：那我們一起去看電影吧。

B（女）：嗯，好啊。

❸ A（女）：現在還會去游泳嗎？
B（男）：是啊，但是從下週開始，我要去打
軟式牆網球。
A（女）：哇，保羅先生非常喜歡運動。

❹ A（女）：那件事都做完了嗎？
B（男）：是的，都做完了。現在要休息一下
了。
A（女）：那您要喝杯茶嗎？
B（男）：哎呀，謝謝。

Track 060

3 **❶** A(남): 수요일에 뭐 할 거예요?
B(여): 오전에 수업이 있고 오후 5시에 세미나가 있어
요. 저녁 7시에는 친구들하고 저녁 먹을 거예요.

❷ A(여): 이번 주 계획이 어떻게 돼요?
B(남): 월요일에는 회의가 있어요. 화요일에는 런던으로
출장을 갈 거예요. 일요일에 서울에 돌아올 거예
요.

❸ A(남): 주말에 뭐 할 거예요?
B(여): 토요일에는 어머니, 아버지가 우리 집에 오실 거
예요. 그래서 청소하고 요리할 거예요. 일요일
오전에는 수영하러 갈 거예요. 그리고 오후에는
영화를 볼 거예요.

❹ A(여): 다음 주에 뭐 하세요?
B(남): 화요일 저녁 6시 반에 한국어 수업이 있어요. 목
요일 저녁 7시에는 콘서트에 갈 거예요. 토요일
에는 친구하고 술 한 잔 할 거예요.

---

❶ A（男）：週三要做什麼？
B（女）：上午有課，下午5點有研討會，晚
上7點要和朋友們一起吃晚飯。

❷ A（女）：這週有什麼計畫嗎？
B（男）：星期一有會議，星期二要去倫敦出
差，星期天再回首爾。

❸ A（男）：妳週末要做什麼？
B（女）：星期六媽媽、爸爸會來我們家。所
以要打掃和煮飯，星期日上午要去
游泳，然後下午去看電影。

❹ A（女）：妳下週要做什麼？
B（男）：星期二晚上6點半有韓文課，星期
四晚上7點要去看演唱會，星期六
要和朋友喝一杯。

Track 061

4 ❶ A(여): 새해에 뭐 할 거예요?
　　B(남): 요즘 좀 뚱뚱해졌어요. 그래서 운동을 할 거예요.
　　A(여): 무슨 운동을 할 거예요?
　　B(남): 매일 달리기 할 거예요.

❷ A(남): 새해에 계획이 있어요?
　　B(여): 네, 새해에는 영어 공부를 할 거예요.
　　A(남): 영어 공부요? 왜요?
　　B(여): 영어 공부해서 세계 여행을 하고 싶어요.

❸ A(여): 새해에는 어떤 계획이 있어요?
　　B(남): 새해에는 차를 살 거예요.
　　A(여): 차요?
　　B(남): 네, 직장이 멀어서 차가 필요해요.

❹ A(여): 새해에 무엇을 할 거예요?
　　B(남): 글쎄요. 특별한 계획이 없어요.
　　A(여): 정말 아무 계획이 없어요? 술을 덜 마시겠다든지…….
　　B(남): 아, 맞아요. 새해에는 술을 조금만 마실 거예요. 건강이 나빠졌어요.

❺ A(남): 새해 계획이 있어요?
　　B(여): 네, 새해에는 직장을 옮기고 싶어요.
　　A(남): 왜요? 지금 직장이 안 좋아요?
　　B(여): 네, 일이 저한테 안 맞아요.

❶ A（女）：你新年要做什麼？
　　B（男）：最近有點變胖了，所以要運動。
　　A（女）：要做什麼運動？
　　B（男）：我要每天去跑步。

❷ A（男）：新的一年有什麼計劃嗎？
　　B（女）：有啊，在新的一年裡，我要學習英語。
　　A（男）：學英語？為什麼？
　　B（女）：我想學好英語，然後去環游世界。

❸ A（女）：新的一年有什麼計劃嗎？
　　B（男）：在新的一年，我要買新車。
　　A（女）：車嗎？
　　B（男）：是的，工作的地方很遠，需要車。

❹ A（女）：新的一年有什麼計劃嗎？
　　B（男）：這個嘛，沒有特別的計劃。
　　A（女）：真的沒有任何計劃嗎？可以少喝點酒之類的……
　　B（男）：啊，對哦。在新的一年裡我會少喝點酒，健康變差了。

❺ A（男）：新的一年有什麼計劃嗎？
　　B（女）：有啊，我想在新的一年裡換個工作。

　　A（男）：為什麼？現在的工作不好嗎？
　　B（女）：是的，工作不適合我。

Track 062

5 A(남): 어느 대학교에 갈 거예요?
　　B(여): 아직 잘 모르겠어요. 한국대학교 아니면 우정대학교 갈 거예요.
　　A(남): 한국대학교는 시내에 있어서 편하지요?
　　B(여): 교통은 편리하지만 시내에 있어서 복잡해요. 저는 복잡한 곳은 싫어요.
　　A(남): 그럼 우정대학교가 좋겠어요. 그 학교는 조용한 곳에 있어요.
　　B(여): 우정대학교에 기숙사가 있어요?
　　A(남): 도시에서 떨어져 있으니까 있을 거예요.
　　B(여): 아, 네. 그런데 한국대학교에 제가 좋아하는 교수님이 계세요.
　　A(남): 그래요? 그럼 한국대학교도 좋겠어요.
　　B(여): 하지만 거긴 등록금이 우정대학교보다 비쌀 거예요.
　　A(남): 맞아요. 거긴 등록금이 비싸요. 아, 참. 장학금이 있을 거예요.
　　B(여): 정말요? 빨리 알아봐야겠어요.
　　A(남): 그럼, 한국대학교에 갈 거예요?
　　B(여): 네, 장학금을 타면 갈 거예요.

A（男）：你要念哪間大學？
B（女）：還不太清楚，不是去韓國大學，就是去友誼大學。
A（男）：韓國大學在市區裡，應該很方便吧？
B（女）：雖然交通便利，但在市區裡面，比較複雜。我不喜歡複雜的地方。
A（男）：那友誼大學應該不錯，那間學校位於安靜的地方。
B（女）：友誼大學有宿舍嗎？
A（男）：因為離市區很遠，所以應該有。
B（女）：啊，是喔。但是韓國大學有我喜歡的教授。
A（男）：是嗎？那麼，韓國大學也不錯。
B（女）：但是那裡的註冊費肯定比友誼大學還要貴。
A（男）：對。那裡的學費很貴。啊，對了，應該會有獎學金。
B（女）：真的嗎？我得快點去問問看。
A（男）：那妳是要去韓國大學嗎？
B（女）：是的，如果拿到獎學金的話就去。

Track 064

1 ❶ A(여): 어디가 아파요?　B(남): 배가 아파요.

❷ A(남): 어디가 아파요?　B(여): 머리가 아파요.

❸ A(남): 어디가 아프세요?　B(여): 허리가 아파요.

❹ A(여): 어떻게 오셨어요?　B(남): 이가 아파서 왔어요.

❺ A(남): 어떻게 오셨어요?　B(여): 팔을 다쳤어요.

❻ A(여): 어떻게 아프세요?

B(남): 열이 나고 몸이 다 아파요.

❶ A（女）：哪裡不舒服？

　B（男）：肚子痛。

❷ A（男）：哪裡不舒服？

　B（女）：頭痛。

❸ A（男）：哪裡不舒服？

　B（女）：腰痛。

❹ A（女）：您是因為什麼問題而來的？

　B（男）：因為牙齒痛，所以來了。

❺ A（男）：您是因為什麼問題而來的？

　B（女）：手臂受傷了。

❻ A（女）：怎樣不舒服？

　B（男）：發燒，全身痠疼。

Track 065

2 ❶ A(여): 어디 아프세요?

B(남): 네, 머리가 아파요.

A(여): 왜요?

B(남): 어제 술을 너무 많이 마셨어요.

❷ A(남): 왜 그래요?

B(여): 다리를 다쳤어요.

A(남): 어떻게요?

B(여): 길에서 넘어졌어요.

❸ A(여): 얼굴이 안 좋아요.

B(남): 조금 피곤해요.

A(여): 왜요?

B(남): 어제 잠을 못 잤어요.

❹ A(여): (작고 쉰 듯한 목소리로) 아, 목이 너무 아파요.

B(남): 왜요? 감기 걸렸어요?

A(여): 아니요? 어제 노래방에서 노래를 많이 불렀어요.

B(남): 네?

❶ A（女）：你哪裡不舒服嗎？

　B（男）：是的，我頭痛。

　A（女）：為什麼？

　B（男）：昨天喝酒喝太多了。

❷ A（男）：妳怎麼了？

B（女）：腿受傷了。

A（男）：怎麼會這樣？

B（女）：在路上摔倒了。

❸ A（女）：你看起來氣色不太好。

B（男）：有點累。

A（女）：怎麼了？

B（男）：昨天睡不著。

❹ A（女）：（用小聲的氣音說話）啊，喉嚨好痛。

B（男）：怎麼了？感冒了嗎？

A（女）：不是，昨天在 KTV 唱了很多歌。

B（男）：啊？

Track 066

3 ❶ 환자: 목하고 어깨가 너무 아파요.

의사: 컴퓨터로 일을 많이 하세요?

환자: 네, 맞아요.

의사: 너무 오래 하지 마세요. 한 시간마다 쉬고 목운동을 하세요.

❷ 환자: 넘어져서 발을 다쳤어요.

의사: 어디 좀 봅시다.

환자: 네.

의사: x-ray에 뼈는 괜찮습니다. 약 바르시고 며칠 좀 쉬세요.

❸ 환자: 요즘 잠을 잘 못 자요.

의사: 무슨 문제가 있어요?

환자: 남자 친구하고 헤어졌어요.

의사: 네. 그럼, 운동을 좀 해 보세요. 달리기나 수영이 좋아요.

❹ 환자: 배가 아파요.

의사: 혹시 무슨 음식을 드셨어요?

환자: 고기를 좀 많이 먹었어요.

의사: 너무 많이 드셨군요. 우선 약을 드시고요. 물을 많이 드세요.

---

❶ 患者：脖子和肩膀很痛。

醫生：你經常用電腦工作嗎？

患者：對，沒錯。

醫生：不要用電腦用太久，每隔一小時休息一次，並做一下頸部運動。

❷ 患者：我摔倒，腳受傷了。

醫生：讓我看看。

患者：好。

醫生：X 光片看起來骨頭沒事，抹藥後休息幾天吧。

❸ 患者：最近不太能入睡。

醫生：有什麼問題嗎？
患者：我跟男朋友分手了。
醫生：是，那麼，請試著做些運動吧，跑步或游泳都不錯。

❹ 患者：肚子痛。
醫生：您是不是吃了什麼？
患者：吃了很多肉。
醫生：您吃得太多了，先吃藥吧，請多喝點水。

Track 067

4 간호사: 어서 오세요. 이름이 어떻게 되세요?
　환자：　김지수예요.
　간호사: 잠깐 기다리세요.
　환자：　네.
　(잠시 후)
　간호사: 김지수 씨, 들어 가세요.
　환자：　네.
　…
　의사：　어떻게 오셨어요?
　환자：　기침을 많이 해요.
　의사：　'아' 해보세요.
　환자：　아ー.
　의사：　목이 부었네요. 머리도 아파요?
　환자：　네.
　의사：　열이 있는지 볼까요?
　　　　(잠시 후) 열이 좀 있네요. 배도 아프세요?
　환자：　아니요, 배는 안 아파요. 그렇지만 콧물이 나요.
　의사：　감기에 걸렸네요. 약을 처방해 드릴게요. 약국에서 약을 받아 가세요.
　환자：　네, 알겠습니다.
　…
　약사：　어서 오세요.
　환자：　여기 처방전 있어요.
　약사：　잠깐만 기다리세요.
　　　　(잠시 후)
　　　　김지수 씨, 약 나왔습니다. 하루에 세 번 식사 후에 드세요.
　환자：　감사합니다.

護士：請進，叫什麼名字？
患者：金智秀。
護士：請稍等一下。
患者：好的。
（稍後）
護士：金智秀小姐，請進。
患者：好的。
…

醫生：您是因為什麼問題而來的？
患者：我一直咳嗽。
醫生：「啊」一下。
患者：啊ー。
醫生：喉嚨腫起來了，頭也會痛嗎？
患者：是的。
醫生：來看一下有沒有發燒吧。
　　　（一會兒）有點發燒，肚子也會痛嗎？
患者：不會，肚子不會痛，但是有流鼻涕。
醫生：您感冒了，我開藥給您，請去藥局領藥。
患者：好的，我知道了。

…

藥劑師：歡迎光臨。
患者：這裡有處方箋。
藥劑師：請稍等一下。
　　　　（稍後）
　　　　金智秀小姐，藥好了，一天三次，飯後服用。
患者：謝謝。

Track 068

5 의사: 어떻게 오셨어요?
　환자: 기침을 많이 해요.
　의사: '아' 해보세요.
　환자: 아ー.
　의사: 목이 부었네요. 머리도 아파요?
　환자: 네.
　의사: 열이 있는지 볼까요?
　　　　(잠시 후) 열이 좀 있네요. 배도 아프세요?
　환자: 아니요, 배는 안 아파요. 그렇지만 콧물이 나요.
　의사: 감기에 걸렸네요. 약을 처방해 드릴게요. 약국에서 약을 받아 가세요.
　환자: 네, 알겠습니다.

醫生：您是因為什麼問題而來的？
患者：我一直咳嗽。
醫生：「啊」一下。
患者：啊ー。
醫生：喉嚨腫起來了，頭也會痛嗎？
患者：是的。
醫生：來看一下有沒有發燒吧。
　　　（一會兒）有點發燒，肚子也會痛嗎？
患者：不會，肚子不會痛，但是有流鼻涕。
醫生：您感冒了，我開藥給您，請去藥局領藥。
患者：好的，我知道了。

여보세요? 喂？

Track 070

1 ❶ A(남): 사라 씨, 전화번호가 몇 번이에요?
B(여): 597-4603이에요.

❷ A(여): 마르코 씨, 전화번호가 어떻게 돼요?
B(남): 010-2971-5781이에요.

❸ A(여): 준호 씨, 리에 씨 전화번호 알아요?
B(남): 네, 알아요. 010-486-3242예요.

❹ A(남): 지수 씨, 한국대학교 전화번호 알아요?
B(여): 네, 잠깐만요. 743-8009예요.

---

❶ A（男）：薩拉小姐，妳的電話號碼是幾號？
B（女）：597-4603。

❷ A（女）：馬可先生，你的電話號碼是多少？
B（男）：010-2971-5781。

❸ A（女）：俊昊先生，你知道理惠小姐的電話號碼嗎？
B（男）：是，我知道，010-486-3242。

❹ A（男）：智秀小姐，妳知道韓國大學的電話號碼嗎？
B（女）：知道，請等一下，743-8009。

Track 071

2 ❶ A(남): 여보세요. 릴리 씨 휴대전화이지요?
B(여): 네. 맞습니다. 누구세요?

❷ A(남): 여보세요. 폴 씨 있어요?
B(여): 네, 잠깐만 기다리세요. 폴 씨 전화 받으세요.
C(남): 네, 전화 바꿨습니다.

❸ A(남): 여보세요. 리에 씨지요?
B(여): 아닌데요. 전화 잘못 거셨어요.

❹ A(남): 여보세요. 거기 준호 씨 집이지요?
B(여): 네, 그런데요.
A(남): 준호 씨 있어요?
B(여): 지금 없는데요. 학교 갔어요.

---

❶ A（男）：喂？是莉莉小姐的手機吧？
B（女）：是，對的，請問是誰？

❷ A（男）：喂？請問保羅先生在嗎？
B（女）：好的，請稍等一下。保羅先生請接電話。
C（男）：好，喂？你好。

❸ A（男）：喂？是理惠小姐對吧？
B（女）：不是，您打錯電話了。

❹ A（男）：喂？那裡是俊浩先生家對吧？

B（女）：是，沒錯。
A（男）：請問俊昊先生在嗎？
B（女）：現在不在，去上學了。

Track 072

3 ❶ 사라: 여보세요. 마르코 씨.
마르코: 아, 사라 씨. 안녕하세요?
사라: 마르코 씨, 오늘 점심 같이 할래요?
마르코: 네, 좋아요. 몇 시쯤이요?
사라: 1시에 아리랑 식당 어때요?
마르코: 좋아요. 그럼, 그 때 봐요.

❷ 지수: 여보세요.
남자: 김지수 씨입니까? 우체국 택배입니다. 오늘 책 배달하려고요.
지수: 몇 시에 오실 거예요?
남자: 3시~4시 사이에 괜찮습니까?
지수: 그 때는 집에 없어요. 5시쯤 오실 수 있어요?
남자: 네, 그럼 5시쯤에 가겠습니다.

❸ 릴리: 여보세요. 폴 씨지요?
폴: 네, 그런데요.
릴리: 저 릴리예요. 우리 집에서 다음 주에 파티하기로 했지요?
폴: 네, 알아요.
릴리: 그거 못 할 거 같아요.
폴: 왜요? 무슨 일 있어요?
릴리: 제가 갑자기 홍콩에 가야 해서요.
폴: 아, 그래요. 그럼 다음에 해요.

❹ 여자: 여보세요. 서울여행사입니다.
준호: 런던 가는 비행기 표를 예약하고 싶은데요.
여자: 언제 가십니까?
준호: 5월 27일이요.
여자: 성함이 어떻게 되시지요?
준호: 박준호입니다.
여자: 네, 5월 27일 2시 서울에서 런던 가는 비행기 표 예약되었습니다.

---

❶ 薩拉：喂？馬可先生。
馬可：啊，薩拉小姐，妳好。
薩拉：馬可先生，今天要一起吃中餐嗎？
馬可：嗯，好啊，大約幾點？
薩拉：1點在阿里郎餐廳，如何？
馬可：好，那麼，到時候見。

❷ 智秀：喂？
男生：是金智秀小姐嗎？這裡是郵局快遞，今天想把書送過去。
智秀：您幾點來？
男生：3點到4點之間可以嗎？
智秀：那時候我不在家，能5點左右來嗎？

男生：好的，那我 5 點左右過去。

❸ 莉莉：喂？是保羅先生對嗎？
　　保羅：對，是的。
　　莉莉：我是莉莉，不是說好下禮拜要在我家開派對嗎？
　　保羅：對啊，我知道。
　　莉莉：那個可能辦不了了。
　　保羅：為什麼？怎麼了嗎？
　　莉莉：因為我突然得去香港。
　　保羅：啊，這樣啊。那麼下次再辦吧。

❹ 女生：您好，這裡是首爾旅行社。
　　俊昊：我想訂去倫敦的機票。
　　女生：您什麼時候要去？
　　俊昊：5 月 27 日。
　　女生：請問尊姓大名？
　　俊昊：我是朴俊浩。
　　女生：好的，已經幫您訂好 5 月 27 日 2 點，從首爾到倫敦的機票了。

Track 073

4 ❶ 지금은 전화를 받을 수 없습니다. 삐 소리가 울리면 메시지를 남기시기 바랍니다.
　❷ 지금 거신 전화번호는 010-2488-6234번으로 변경되었습니다. 010-2488-6234번으로 다시 걸어 주십시오.
　❸ 지금은 모든 상담원이 통화 중입니다. 잠시만 기다려 주십시오. 통화하기까지 3분 정도 기다리셔야 합니다.
　❹ 안녕하세요? 서울극장입니다. 원하시는 번호를 눌러 주시기 바랍니다. 현재 상영하는 영화 안내는 1번, 영화 시간 안내는 2번, 영화 예매는 3번, 상담원과의 연결은 4번을 눌러 주십시오.
　❺ 전화기가 꺼져 있습니다. 잠시 후 다시 걸어 주시기 바랍니다.
　❻ 지금 거신 전화번호는 없는 번호입니다. 다시 확인하고 걸어 주시기 바랍니다.

---

❶ 您現在撥打的電話號碼無法接通，請在嗶聲後留下信息。
❷ 您現在撥打的電話號碼已變更為 010-2488-6234，請重新撥打到 010-2488-6234。
❸ 現在所有的客服人員都在忙線中。請稍候，您需要等待 3 分鐘左右。
❹ 你好！這裡是首爾劇場，請按下您想要的選項號碼。目前上映的電影簡介請按 1，電影播放時間查詢請按 2，電影預售請按 3，轉接客服人員請按 4。
❺ 您撥打的電話號碼已關機，請稍後再撥。
❻ 您現在撥打的電話號碼是空號，請查明後再撥。

Track 074

5 ❶ 수진: 여보세요. 거기 릴리 씨 집이지요?
　　남자: 네, 맞아요.
　　수진: 저는 릴리 친구 수진인데요. 릴리 씨 있어요?
　　남자: 지금 없어요. 핸드폰으로 해 보세요.
　　수진: 핸드폰으로 전화했어요. 그런데 전화를 안 받아요.
　　남자: 오늘 늦게 들어올 거예요.
　　수진: 알겠습니다. 제가 나중에 다시 전화할게요.

❷ 수진: 여보세요. 마르코 씨 핸드폰이지요?
　마르코: 네, 그런데요.
　　수진: 아, 마르코 씨, 저 수진이에요. 지금 통화 괜찮으세요?
　마르코: 네, 괜찮아요.
　　수진: 다음 주 금요일에 크리스마스 파티를 하려고 해요. 올 수 있어요?
　마르코: 다음 주 금요일이면 21일이요? 몇 시요?
　　수진: 저녁 6시요.
　마르코: 네, 갈 수 있어요. 어디서 해요?
　　수진: 학교 앞 '치어스'라는 맥주 집에서요. 그리고 회비는 2만 원이에요.
　마르코: 네, 알겠어요. 꼭 갈게요.

❸ (상대방 전화에서: 지금은 전화를 받을 수 없습니다. 삐 소리가 울리면 메시지를 남기시기 바랍니다. 삐)
　　수진: 여보세요, 사라 씨, 저 수진이에요. 다음 주 금요일에 크리스마스 파티를 할 거예요. 장소는 학교 앞 '치어스' 맥주집이에요. 메시지 받으면 연락 주세요.

❹ 수진: 여보세요. 폴 씨 있어요?
　　폴: 네, 전데요.
　　수진: 저 수진이에요. 잘 지냈어요?
　　폴: 네, 잘 지냈어요.
　　수진: 다음 주 금요일에 크리스마스 파티를 하려고 해요. 장소는 학교앞 '치어스'이고 저녁 6시부터 할 거예요. 올 수 있어요?
　　폴: 그 때 영국에서 제 친구가 와요.
　　수진: 그래요? 그럼 같이 오세요.
　　폴: 같이 가도 돼요?
　　수진: 그럼요. 그런데 회비가 있어요. 한 사람당 20,000원.
　　폴: 괜찮아요. 그럼 그때 봐요.

❺ 수진: 이치로 씨 계십니까?
　　여자: 네, 잠시만요.
　이치로: 여보세요. 이치로입니다.
　　수진: 이치로 씨, 저 수진이에요.
　이치로: 아, 수진 씨, 안녕하세요?

수진: 이치로 씨, 다음 주 금요일 크리스마스 파티가 있는데 올 수 있어요?

이치로: 다음 주 금요일이요? 안 돼요.

수진: 바쁘세요?

이치로: 제가 그때 휴가예요. 일본에 갈 거예요.

수진: 아, 그래요. 그럼 할 수 없지요. 휴가 잘 보내세요.

이치로: 수진 씨도 파티 잘 하세요.

---

❶ 秀珍：喂？那裡是莉莉小姐家嗎？

男生：對，是的。

秀珍：我是莉莉的朋友秀珍。請問莉莉小姐在嗎？

男生：現在不在，請打她的手機看看。

秀珍：我打過手機了，但是她沒有接電話。

男生：她今天會晚些回來。

智秀：知道了，我晚點再打。

❷ 秀珍：喂？是馬可先生的手機對吧？

馬可：對，是的。

秀珍：啊，馬可先生，我是秀珍，現在方便講電話嗎？

馬可：是，可以。

秀珍：我打算下禮拜五舉辦一個聖誕節派對，你能來嗎？

馬可：下禮拜五的話，是 21 號嗎？幾點？

秀珍：晚上 6 點。

馬可：好的，我可以去，辦在哪裡？

秀珍：學校前面一家叫「Cheers」的啤酒屋。還有，參加費是 2 萬韓元。

馬可：好的，我知道了，我一定會去。

❸ （對方電話：您現在撥打的電話號碼無法接通，請在嗶聲後留下信息。嗶）

秀珍：喂？薩拉小姐，我是秀珍。下禮拜五會舉辦一個聖誕節派對，地點是學校前面的啤酒店「Cheers」。收到信息的話請跟我聯絡。

❹ 秀珍：喂，請問保羅先生在嗎？

保羅：是的，我就是。

秀珍：我是秀珍。最近過得好嗎？

保羅：是的，我過得很好。

秀珍：下禮拜五我打算舉辦一個聖誕節派對，地點在學校前面的「Cheers」啤酒屋，晚上 6 點開始，你能來嗎？

保羅：那時候我朋友會從英國過來。

秀珍：是嗎？那就一起來吧。

保羅：可以一起去嗎？

秀珍：當然可以，但是有參加費喔，一個人 20,000 韓元。

保羅：沒關係，那到時候見。

❺ 秀珍：請問鈴木一郎先生在嗎？

女子：好的，請稍等。

鈴木一郎：喂？我是鈴木一郎。

秀珍：鈴木一郎先生，我是秀珍。

鈴木一郎：啊，秀珍小姐，妳好。

秀珍：鈴木一郎先生，下禮拜五有個聖誕節派對，你能來嗎？

鈴木一郎：下禮拜五嗎？我不行。

秀珍：工作很忙嗎？

鈴木一郎：我那時候休假，會回去日本。

秀珍：啊，是喔，那也沒辦法，祝您假期愉快。

鈴木一郎：也祝秀珍小姐派對辦得順利。

Unit 13 표를 예약하고 싶은데요 我想訂票

Track 076

1 ❶ A(여): 네, 서울역 티켓 예매 센터입니다.

B(남): 부산 가는 기차표 예약하고 싶은데요.

A(여): 언제 가실 거예요?

B(남): 5월 6일에 갈 거예요.

❷ A(여): 서울 극장입니다.

B(남): 영화표를 예매하고 싶은데요.

A(여): 무슨 영화 보실 거예요?

B(남): '괴물' 표 있어요?

❸ A(여): 세계여행사입니다.

B(남): 다음 주에 런던 가는 비행기 표 예약하고 싶은데요.

A(여): 언제 가실 거예요?

B(남): 8월 17일요.

❹ A(여): 내일 방이 있을까요?

B(남): 내일요. 며칠 동안 묵으실 거예요?

A(여): 하루요.

B(남): 몇 분이세요?

A(여): 혼자예요.

---

❶ A（女）：您好，這裡是首爾站票券預售中心。

B（男）：我想訂去釜山的火車票。

A（女）：您打算什麼時候去？

B（男）：5 月 6 號去。

❷ A（女）：這裡是首爾劇場。

B（男）：我想預購電影票。
A（女）：您想要看哪部電影？
B（男）：有「怪物」的票嗎？

❸ A（女）：這裡是世界旅行社。
B（男）：我想訂下禮拜去倫敦的機票。
A（女）：您打算什麼時候去？
B（男）：8月17日。

❹ A（女）：明天有空房嗎？
B（男）：明天嗎，您要住幾晚？
A（女）：一天。
B（男）：幾位呢？
A（女）：自己一個人。

2 ❶ A(여): 네, 서울역 티켓 예매 센터입니다.
B(남): 부산 가는 기차표 예약하고 싶은데요.
A(여): 언제 가실 거예요?
B(남): 5월 6일에 갈 거예요.

❷ A(여): 서울 극장입니다.
B(남): 영화표를 예매하고 싶은데요.
A(여): 무슨 영화 보실 거예요?
B(남): '괴물' 표 있어요?

❸ A(여): 세계여행사입니다.
B(남): 다음 주에 런던 가는 비행기 표 예약하고 싶은데요.
A(여): 언제 가실 거예요?
B(남): 8월 17일요.

❹ A(여): 내일 방이 있을까요?
B(남): 내일요. 며칠 동안 묵으실 거예요?
A(여): 하루요.
B(남): 몇 분이세요?
A(여): 혼자예요.

❶ A（女）：您好，這裡是首爾站票券預售中心。
B（男）：我想訂去釜山的火車票。
A（女）：您打算什麼時候去？
B（男）：5月6號去。

❷ A（女）：這裡是首爾劇場。
B（男）：我想預購電影票。
A（女）：您想要看哪部電影？
B（男）：有「怪物」的票嗎？

❸ A（女）：這裡是世界旅行社。
B（男）：我想訂下禮拜去倫敦的機票。
A（女）：您打算什麼時候去？
B（男）：8月17日。

❹ A（女）：明天有空房嗎？
B（男）：明天嗎，您要住幾晚？
A（女）：一天。
B（男）：幾位呢？
A（女）：自己一個人。

3 ❶ A(남): 안녕하세요. 수내병원입니다.
B(여): 아이가 아파서요. 지금 가도 될까요?
A(남): 죄송합니다. 지금은 점심시간입니다. 진료는 2시에 시작합니다.
B(여): 그럼 2시에 예약할 수 있을까요?
A(남): 네, 2시로 예약해 드리겠습니다. 아이 이름이 뭐예요?
B(여): 이소영이에요.
A(남): 네, 예약해 드렸습니다.

❷ A(여): 수내병원입니다.
B(남): 오늘 진료받을 수 있을까요?
A(여): 네, 몇 시쯤 오시겠어요?
B(남): 3시쯤이 좋아요.
A(여): 네. 성함이 어떻게 되시죠?
B(남): 마크예요.
A(여): 네, 예약됐습니다.

❸ A(여): 여보세요. 수내병원입니다.
B(남): 예약하고 싶은데요. 3시에 진료받을 수 있어요?
A(여): 죄송합니다. 3시에 예약 손님이 있어요. 3시 반은 괜찮습니다.
B(남): 그럼 3시 반에 가겠습니다. 제 이름은 폴 존슨입니다.

❹ A(여): 네, 수내병원입니다.
B(남): 오늘 4시에 예약을 했는데요. 그 시간에 못 갈 것 같아요.
A(여): 성함이 어떻게 되시지요?
B(남): 김민수입니다.
A(여): 다른 시간으로 예약해 드릴까요?
B(남): 오늘 6시에 가도 돼요?
A(여): 네, 괜찮아요. 그런데 진료가 6시 반에 끝나니까 늦으시면 안 돼요.

❶ A（男）：您好，這裡是水內醫院。
B（女）：孩子生病了，現在可以過去嗎？
A（男）：對不起，現在是午休時間，門診2點開始。
B（女）：那能預約2點嗎？
A（男）：好的，我幫您預約2點，小孩的大名是？
B（女）：李素英。
A（男）：好的，已幫您預約完成。

❷ A（女）：這裡是水內醫院。
　B（男）：今天能看病嗎？
　A（女）：可以的，您幾點過來？
　B（男）：大約3點左右。
　A（女）：好的。請問大名是？
　B（男）：我是馬克。
　A（女）：好的，已幫您預約完成。

❸ A（女）：喂？這裡是水內醫院。
　B（男）：我想預約。3點能看診嗎？
　A（女）：對不起，3點有人預約了，3點半可以。
　B（男）：那我3點半過去。我的名字是保羅強森。

❹ A（女）：您好，這裡是水內醫院。
　B（男）：我有預約今天的4點，但那個時間我可能去不了了。
　A（女）：您的大名是？
　B（男）：我是金珉秀。
　A（女）：要幫您預訂其他時段嗎？
　B（男）：今天6點可以嗎？
　A（女）：好的，可以，但看診到6點半結束，所以不能遲到喔。

Track 079

4 ❶ A(여): 여보세요. 식당입니다.
　B(남): 여보세요. 내일 저녁 식사를 예약하고 싶은데요.
　A(여): 몇 시에 예약해 드릴까요?
　B(남): 7시요.
　A(여): 몇 분이세요?
　B(남): 네 사람요.
　A(여): 네, 알겠습니다.

　(잠시 후 다시 전화벨 소리)
　B(남): 여보세요. 식당이지요?
　A(여): 네, 맞습니다.
　B(남): 조금 전에 내일 저녁 식사를 예약했는데요. 날짜를 바꾸고 싶어요.
　A(여): 언제로 바꿔 드릴까요?
　B(남): 금요일 저녁으로 바꿔 주세요. 7시요
　A(여): 네, 바꿔 드렸습니다.

❷ A(남): 오늘 7시 30분 바흐 콘서트 표 있어요?
　B(여): 오늘 거는 없어요. 내일 거 있어요.
　A(남): 내일 거는 무슨 음악이에요?
　B(여): 내일 것도 클래식 음악이에요. 여기 팜플렛 있어요.
　A(남): 아, 모차르트네요. 좋아요. 내일 표 두 장 주세요.

❶ A（女）：喂？這裡是餐廳。
　B（男）：喂？我想預訂明天的晚餐。
　A（女）：您想預約幾點？
　B（男）：7點。
　A（女）：有幾位？
　B（男）：四個人。
　A（女）：好的，我知道了。
　（過一會，電話鈴聲再次響起）
　B（男）：喂？是餐廳對吧？
　A（女）：對，是的。
　B（男）：剛才我有預約明天的晚餐，我想換個日期。
　A（女）：要幫您換到什麼時候？
　B（男）：請幫我改成星期五晚上，7點。
　A（女）：好的，改好了。

❷ A（男）：有今天7點30分巴哈演奏會的票嗎？
　B（女）：今天的沒有了，有明天的。
　A（男）：明天的是什麼音樂？
　B（女）：明天也是古典音樂，這裡有小手冊。
　A（男）：啊，莫扎特呀。好，請給我兩張明天的票。

Track 080

5 A(여): 어서 오세요.
　B(남): 영화 '해운대' 표 있어요?
　A(여): 몇 시 표 드릴까요?
　B(남): 지금 하는 거요.
　A(여): (컴퓨터 타이핑 소리) 죄송합니다, 손님. 6시 표는 모두 매진되었습니다.
　B(남): 아, 그래요? 그럼 다른 영화는 뭐가 있어요?
　A(여): '집으로' 영화가 7시에 있습니다.
　B(남): 아. 1시간 후에 시작하네요. 그럼 그 표로 주세요.
　A(여): 몇 장 드릴까요?
　B(남): 두 장 주세요.
　A(여): 지금 2열하고 20열이 있어요. 어떤 걸로 드릴까요?
　B(남): 20열이 뒷자리지요?
　A(여): 네, 맞습니다.
　B(남): 그럼 20열로 주세요.
　A(여): 네, 7시에 시작하는 '집으로' 두 장 여기 있습니다.
　B(남): 감사합니다.

A（女）：歡迎光臨。
B（男）：有電影《海雲臺》的票嗎？
A（女）：您要幾點的票？

137

B（男）：現在的。

A（女）：（電腦打字的聲音）對不起，客人，6
　　　　點的票都賣完了。

B（男）：啊，是嗎？那還有什麼電影？

A（女）：7 點有一部《回家》。

B（男）：啊，一小時候開始呢。那就給我那部
　　　　電影的票吧。

A（女）：您要幾張？

B（男）：請給我兩張。

A（女）：現在有第 2 排和 20 排的，要給您哪一
　　　　種？

B（男）：20 排是後排對吧？

A（女）：對，是的。

B（男）：那請給我第 20 排的。

A（女）：好的，這裡有兩張 7 點開始的《回
　　　　家》。

B（男）：謝謝。

Track 081

6 직원: 어서 오세요. 무엇을 도와 드릴까요?

폴: 섬 여행을 하려고 하는데요.

직원: 가고 싶은 섬이 있으세요?

폴: 조용하고 아름다운 섬이면 돼요.

직원: 섬 여행 상품이 많이 있어요. 얼마 동안 가실 거예
　　　요?

폴: 3일 정도요. 17일이나 18일에 출발하는 게 좋아요.

직원: 이거 어때요? 17일에 출발해요.

폴: 이거 두 섬을 다 가요?

직원: 날씨가 괜찮으면 다 가요.

폴: 호텔은 깨끗하지요?

직원: 네, 저희 여행사는 다 좋은 호텔을 이용합니다.

폴: 그럼 그걸로 두 사람 예약해 주세요.

工作人員：歡迎光臨，請問有什麼可以幫助您的
　　　　　嗎？

保羅：我想去海島旅遊。

工作人員：您有想去的島嶼嗎？

保羅：只要是安靜又美麗的島嶼都好。

工作人員：海島旅遊的商品很多，您要去多久？

保羅：三天左右，最好是 17 號或 18 號出發。

工作人員：這個怎麼樣？17 號出發。

保羅：這個兩座島都會去嗎？

工作人員：天氣好的話，都會去。

保羅：酒店乾淨吧？

工作人員：是的，我們旅行社都是訂好的酒店。

保羅：那這個請幫我預約兩位。

Track 082

7 직원: 여보세요. 여행사입니다. 뭘 도와드릴까요?

폴: 지난 주말에 여행 갔다 온 사람인데요.

직원: 아, 그러세요? 여행은 즐거우셨습니까?

폴: 아니요. 즐겁지 않았어요.

직원: 무슨 안 좋은 일이 있으셨어요?

폴: 네, 호텔이 아주 시끄러웠어요.

직원: 아이고, 죄송합니다. 또 다른 불편한 점은 없으셨어
　　　요?

폴: 독도를 안 갔어요.

직원: 아, 네. 독도는 날씨 때문에…….

폴: 독도를 꼭 가고 싶었거든요.

직원: 죄송합니다. 또 불편한 점은 없으셨어요?

폴: 그것 말고 다른 것은 괜찮았어요.

工作人員：喂？這裡是旅行社，請問有什麼可以
　　　　　幫助您的嗎？

保羅：我是上個週末去旅遊回來的人。

職員：啊，是嗎？旅行還愉快嗎？

保羅：不，不愉快。

職員：是有什麼不好的事情嗎？

保羅：對，飯店很吵。

職員：哎呀，對不起，還有其他讓您不舒服的地
　　　方嗎？

保羅：沒有去獨島。

職員：啊，是的，獨島因為天氣的關係……

保羅：我真的很想要去獨島。

職員：對不起，還有什麼讓您不舒服的地方嗎？

保羅：除了那個，其他的都不錯。

Unit 14 사전 좀 빌려 주세요 請借我字典

Track 084

1 ❶ A(여): 어서 오세요. 뭘 도와 드릴까요?
　　 B(남): 돈을 좀 바꾸고 싶은데요. 10만 원을 유로로 바
　　　　　꿔 주세요.

❷ A(여): 이거 선물하실 거예요? 포장해 드릴까요?
　 B(남): 네, 포장해 주세요.

❸ A(남): 이 편지 미국으로 보내고 싶은데요.
　 B(여): 여기 올려 놓으세요. (잠시 후) 1,200원입니다.

❹ A(남): 머리 어떻게 해 드릴까요?
　 B(여): 짧게 잘라 주세요.
　 A(남): 아주 짧게 커트할까요?
　 B(여): 네, 그렇게 해 주세요.

❺ A(여): 옷 찾으러 왔는데요.
　 B(남): 성함이 어떻게 되시지요?
　 A(여): 이수진이에요.

B(남): 잠깐 기다리세요. 금방 찾아 드릴게요.

❻ A(여): 이 책들 빌려갈 수 있어요?
B(남): 그럼요. 모두 3권이네요.
A(여): 네, 언제까지 가져와야 하지요?
B(남): 일주일 동안 보실 수 있어요. 다음 주 금요일까지 반납하시면 돼요.

---

❶ A（女）：歡迎光臨，請問有什麼可以幫助您的嗎？
B（男）：我想換錢。請把 10 萬韓元換成歐元。

❷ A（女）：這是要送禮的嗎？要幫您包裝嗎？
B（男）：好的，請幫我包裝一下。

❸ A（男）：我想把這封信寄到美國。
B（女）：請放到這裡。（一會兒）1,200 韓元。

❹ A（男）：頭髮要怎麼幫您用？
B（女）：請幫我剪短。
A（男）：要剪得很短嗎？
B（女）：對，請幫我剪短一點。

❺ A（女）：我是來拿衣服的。
B（男）：您的大名是？
A（女）：李秀珍。
B（男）：請稍等一下，馬上找給您。

❻ A（女）：這些書能借走嗎？
B（男）：當然，總共可以借 3 本。
A（女）：好的。什麼時候要拿來還呢？
B（男）：可以看一個禮拜，下週五前歸還就可以了。

Track 085

2 ❶ A(남): 여보세요. 김민수 씨 계십니까?
B(여): 지금 자리에 안 계신데요.
A(남): 네, 그럼 메시지 좀 전해 주시겠어요?
B(여): 네, 말씀하세요.

❷ A(남): 저, 이 바지 입어봐도 돼요?
B(여): 네, 탈의실 저기 있어요.
A(남): 감사합니다.

❸ A(남): 저기요! (작은 목소리로)
B(여): 네?
A(남): 좀 조용히 해 주세요. 영화를 볼 수가 없어요.

❹ A(여): 저기요.
B(남): 네? 저요?
A(여): 음악 소리가 너무 커요. 소리 좀 줄여 주세요.
B(남): 아, 네. 죄송합니다. 줄일게요. 이제 됐어요?

❺ A(남): 저어, 여기 앉아도 될까요?
B(여): 네, 앉으세요. 가방 치울게요.
A(남): 감사합니다.

❻ A(여): 손님, 죄송하지만 여기서는 담배 피우시면 안 됩니다.
B(남): 어, 몰랐어요. 죄송합니다.

---

❶ A（男）：喂？請問金民洙先生在嗎？
B（女）：他現在不在座位上。
A（男）：好的，那您能幫我留言嗎？
B（女）：好的，請説。

❷ A（男）：那個，我可以試穿這條褲子嗎？
B（女）：可以，試衣間在那裡。
A（男）：謝謝。

❸ A（男）：那個！（小聲地説）
B（女）：什麼？
A（男）：請安靜一點，我無法看電影。

❹ A（女）：那個。
B（男）：什麼？我嗎？
A（女）：音樂聲音太大了，請關小聲一點。
B（男）：啊，好的，不好意思。我關小聲一點，現在可以了嗎？

❺ A（男）：那個，我可以坐這裡嗎？
B（女）：可以，請坐，我把包包收起來。
A（男）：謝謝。

❻ A（女）：客人，不好意思，這裡不能抽菸。
B（男）：哦，我不知道，對不起。

Track 086

3 ❶ A(여): 슈퍼마켓에 가는 길에 주스 좀 사다 주세요.
B(남): 알았어요. 몇 병요?
A(여): 두 병만 사다 주세요.

❷ A(남): 미안하지만 돈 좀 빌려 주세요.
B(여): 얼마나요?
A(남): 10만 원 정도요.
B(여): 10만 원이나요? 그렇게 많이 없어요.

❸ A(여): 어제 옷을 샀는데 너무 작아요. 큰 거로 바꿔 주세요.
B(남): 네, 바꿔 드릴게요. 영수증 있으세요?
A(여): 네, 여기 있어요.

❹ A(남): 다음 주에 록밴드 공연이 있어요.
B(여): 그래요? 저도 가고 싶어요. 표 샀어요?
A(남): 지금 사려고요.
B(여): 그럼 제 것도 사 주세요. 돈 드릴게요.
A(남): 네, 알겠어요.

❺ A(여): 저어, 실례합니다. 창문 좀 닫아 주세요. 좀 추워
　　　　서요.
　　B(남): 저는 더운데요. 조금 이따가 닫을게요.
　　A(여): 아, 네.

---

❶ A（女）：去超市的路上請順邊幫我買杯果
　　　　　汁。
　　B（男）：知道了，幾瓶？
　　A（女）：請幫我買兩瓶。

❷ A（男）：不好意思，請借我一些錢。
　　B（女）：多少錢？
　　A（男）：10 萬韓元左右。
　　B（女）：10 萬韓元嗎？我沒有那麼多錢。

❸ A（女）：我昨天買衣服，但太小了，請幫我
　　　　　換大件一點的。
　　B（男）：好的，我幫您更換。請問有收據
　　　　　嗎？
　　A（女）：有，在這裡。

❹ A（男）：下週有搖滾樂團的演出。
　　B（女）：是嗎？我也想去，買票了嗎？
　　A（男）：打算現在要買。
　　B（女）：那我的也請幫我買一下，我給您
　　　　　錢。
　　A（男）：好，我知道了。

❺ A（女）：那個，不好意思，請關一下窗戶，
　　　　　我有點冷。
　　B（男）：可以我挺熱的，我等一下再關。
　　A（女）：啊，好。

Track 087

4 A(남): 제가 다음 주부터 3주 동안 여행 가요. 그래서 몇
　　　가지 부탁이 있는데 들어줄 수 있어요?
　　B(여): 뭔데요?
　　A(남): 먼저, 개 밥 좀 주세요.
　　B(여): 네, 그럴게요. 저는 개를 좋아해요.
　　A(남): 또 소포가 하나 올 거예요. 소포도 좀 받아 주세요.
　　B(여): 네, 그것도 어렵지 않아요.
　　A(남): 또 있어요. 화분에 물 좀 주세요.
　　B(여): 얼마나 자주요?
　　A(남): 일주일에 한 번이요.
　　B(여): 네, 괜찮아요.
　　A(남): 그 다음은…….
　　B(여): 또 있어요?
　　A(남): 저기, 저한테 전화 오면 전화 메시지 좀 받아 주세
　　　요.
　　B(여): 알았어요.
　　A(남): 저어, 마지막으로 하나 더 있어요.

B(여): 또요? 뭔데요?
A(남): 세탁소에서 옷 좀 찾아 주세요. 시간이 없어서 못
　　　갔어요.
B(여): 옷이요? 아이구, 참 많네요.

A（男）：我下週開始會去旅行 3 個禮拜，所以
　　　　想拜託妳幾件事，妳能幫我嗎？
B（女）：什麼事？
A（男）：首先，請幫我餵狗。
B（女）：好，我會的，我喜歡狗。
A（男）：還有，會有一個包裹來，請幫我收一
　　　　下包裹。
B（女）：好，這也不難。
A（男）：還有，請幫我的花盆澆水。
B（女）：多久一次？
A（男）：一週一次。
B（女）：好，可以。
A（男）：下一個是……
B（女）：還有啊？
A（男）：那個，如果有我的電話，請幫我留
　　　　言。
B（女）：知道了。
A（男）：那個，最後還有一件事。
B（女）：還有？是什麼啊？
A（男）：請幫我去洗衣店拿衣服，我沒有時間
　　　　所以無法去。
B（女）：衣服嗎？哎呀，還真多啊。

Track 088

5 A(여): 여기서 넥타이를 샀는데요. 환불하고 싶어요.
　　B(남): 마음에 안 드세요?
　　A(여): 남자 친구가 좋아하지 않아요.
　　B(남): 네. 다른 것으로 바꿔 드릴까요?
　　A(여): 아니에요. 그냥 환불해 주세요.
　　B(남): 네, 알겠습니다. 영수증 있으시죠?
　　A(여): 네, 여기 있어요.
　　B(남): 여기 밑에 주소와 이름을 써 주세요. 그리고 서명해
　　　주세요.

A（女）：我在這裡買了領帶，我想退貨。
B（男）：不滿意嗎？
A（女）：男朋友不喜歡。
B（男）：是的，要幫您換別款嗎？
A（女）：不了，請直接幫我退款。
B（男）：好的，我知道了。有收據吧？
A（女）：有，在這裡。
B（男）：請在下面寫上地址和姓名，然後請簽
　　　　名。

Track 089

6 A(남): 소포 좀 보내려고 하는데요.

B(여): 어디로 보내실 거예요?

A(남): 영국으로요.

B(여): 안에 뭐가 있지요?

A(남): 책이에요.

B(여): 여기에 올려 놓으세요.

A(남): 네.

B(여): 730g이네요. 빠른 우편으로 보내실 거예요? 보통으로 보내실 거예요?

A(남): 빠른 우편으로 해 주세요. 생일 선물인데 좀 늦었어요.

B(여): 네, 요금이 28,000원입니다. 여기 위에 보내는 사람하고 받는 사람의 전화번호, 이름, 주소 써 주세요.

A(남): 네, (잠시 후) 물건의 가격도 써야 돼요?

B(여): 네, 쓰세요.

A(남): 보험은 안 해도 되지요?

B(여): 네, 안 해도 돼요.

A(남): (다 쓴 후) 여기 있습니다

B(여): 여기 서명해 주세요.

A(남): 아, 네. 얼마나 걸리지요?

B(여): 3~4일쯤 걸립니다.

A(남): 네, 감사합니다.

A（男）：我想寄包裹。

B（女）：您要寄去哪裡？

A（男）：寄去英國。

B（女）：裡面有什麼？

A（男）：書。

B（女）：請放在這裡。

A（男）：好的。

B（女）：730g。要寄急件嗎？還是寄普通件？

A（男）：請用急件。這是生日禮物，有點晚了。

B（女）：好的，費用是 28,000 韓元。這裡上面有寄件人和收件人的電話號碼、姓名、地址，請幫我寫一下。

A（男）：好的，（一會兒）東西的價格也要寫嗎？

B（女）：對，要寫。

A（男）：可以不買保險吧？

B（女）：可以，可以不買。

A（男）：（寫完之後）這裡

B（女）：請在這裡簽名。

A（男）：啊，是。需要多久的時間？

B（女）：大概需要 3~4 天。

A（男）：好的，謝謝您

Unit 15 기분이 좋으면 노래해요

心情好的話，我會唱歌。

Track 091

1 ❶ A(여): 생일 축하해요. 이거 생일 선물이에요.

B(남): 고마워요. 지수 씨.

❷ A(남): 왜 그래요? 영화가 재미없어요?

B(여): 네, 별로 재미없네요.

❸ A(여): 왜 그래요? 무슨 일 있어요?

B(남): 어머니가 아파서 병원에 계세요.

❹ A(남): 아직 집에 안 갔어요?

B(여): 30분이나 버스를 기다렸는데 버스가 안 와요.

❺ A(여): 악!

B(남): 왜 그래요?

A(여): 창 밖에 누가 있어요.

❻ A(남): 왜 울어요?

B(여): 이 드라마가 너무 슬퍼요.

---

❶ A（女）：生日快樂，這個是生日禮物。

B（男）：謝謝妳，智秀小姐。

❷ A（男）：怎麼了？電影不有趣嗎？

B（女）：是啊，不怎麼有趣。

❸ A（女）：怎麼了？有什麼事嗎？

B（男）：我媽媽身體不舒服，在醫院。

❹ A（男）：妳還沒回家嗎？

B（女）：我已經等公車等了 30 分鐘了，車子還沒來。

❺ A（女）：啊！

B（男）：怎麼了？

A（女）：窗外有人。

❻ A（男）：妳為什麼哭？

B（女）：這部電視劇太悲傷了。

Track 092

2 ❶ A(여): (노래를 흥얼거린다.)

B(남): 기분이 좋은가 봐요.

A(여): 네, 저는 기분이 좋으면 노래해요

❷ A(남): 오늘 술 한 잔 할래요?

B(여): 왜요? 무슨 일 있어요?

A(남): 기분 나쁜 일이 있어요.

❸ A(남): 조금 전에 왜 전화를 안 받았어요?

B(여): 잤어요.

A(남): 벌써요?

B(여): 저는 화가 나면 잠을 자요.

❹ A(여): 지금 뭐 해요?

B(남): 요리해요.

141

A(여): 마르코 씨는 심심하면 요리하지요?
B(남): 맞아요.

⑤ A(남): 이 음악이 참 슬퍼요.
B(여): 슬플 때 이런 음악이 좋아요.

⑥ A(여): 폴 씨는 우울하면 뭐 해요?
B(남): 저는 우울하면 산책해요.

❶ A（女）：（哼著歌。）
B（男）：心情好像很好喔。
A（女）：是啊，我如果心情好，會唱歌。

❷ A（男）：今天要不要喝一杯？
B（女）：怎麼了？有什麼事嗎？
A（男）：有不開心的事。

❸ A（男）：剛才為什麼沒接電話？
B（女）：睡著了。
A（男）：這麼早？
B（女）：我生氣的話，就會睡覺。

❹ A（女）：你現在在做什麼？
B（男）：做料理。
A（女）：馬可先生如果無聊的話，就會做料理吧？
B（男）：對。

❺ A（男）：這個音樂真悲傷。
B（女）：我傷心的時候喜歡這種音樂。

❻ A（女）：保羅先生，你鬱悶的話，會做什麼？
B（男）：我鬱悶的話，會去散步。

Track 093

3 ❶ (벨소리 딩동~)
여자: 누구세요?
폴: 옆집 사람이에요. (문 밖에서)
여자: 네, 안녕하세요? 그런데 무슨 일이세요?
폴: 저어, 죄송하지만 피아노 소리 때문에 잠을 잘 수가 없어요.

❷ 지수: 지난 번 취직 시험 잘 봤어요?
마르코: 네, 합격했어요.
지수: 그래요? 잘 됐어요. 축하해요.

❸ 릴리: 왜 그렇게 피곤해 보여요?
준호: 요즘 잠을 잘 못 자요.
릴리: 왜요? 무슨 걱정 있어요?
준호: 그냥 잠이 안 와요.

❹ 폴: 무슨 일 있어요? 얼굴이 안 좋아 보여요.
지수: 어제 우리 강아지가 죽었어요.
폴: 아이구, 왜요?
지수: 좀 아팠어요.

❶（鈴聲 叮咚~）
女子：哪位？
保羅：我是住在隔壁的人。（在門外）
女子：是，您好。但是，有什麼事嗎？
保羅：那個，不好意思，因為鋼琴的聲音，我無法睡覺。

❷ 智秀：上次的就業考試有考好嗎？
馬可：有啊，合格了。
智秀：是嗎？太好了，恭喜你。

❸ 莉莉：你為什麼看起來這麼累？
俊昊：最近睡不太著。
莉莉：為什麼？有什麼煩惱嗎？
俊昊：沒有為什麼，就是睡不着著。

❹ 保羅：有什麼事嗎？臉色看起來不太好。
智秀：昨天我的小狗死了。
保羅：唉，為什麼？
智秀：生病了。

Track 094

4 수진: 민수 씨, 왜 기분이 안 좋아 보여요?
민수: 요즘 일이 많아서 스트레스를 받아요.
수진: 스트레스는 빨리 풀어야 해요.
민수: 맞아요. 그래서 술 마셔요. 술 마시면 스트레스가 풀려요. 수진 씨는 스트레스 안 받아요?
수진: 저도 받아요. 요즘은 시험 때문에 스트레스를 받아요.
민수: 그럼 스트레스를 받으면 어떻게 해요?
수진: 보통 잠을 많이 자요. 그럼 좋아져요. 마르코 씨는 항상 행복해 보여요. 스트레스 안 받는 것 같아요.
마르코: 아니에요. 저도 스트레스 받아요. 보통 여자 친구 때문에요.
수진: 그래요? 그럼 어떻게 풀어요?
마르코: 저는 음식을 만들어요.
수진: 아, 그거 좋은데요. 스트레스 받으면 저한테 연락하세요. 제가 같이 먹어 줄게요.
마르코: 하하하, 고마워요. 그런데 폴 씨는 스트레스 받으면 운동하지요?
폴: 어? 어떻게 알았어요?
마르코: 돈 때문에 스트레스 받으면 운동하잖아요.

秀珍：珉秀先生，你怎麼看起來心情不好？
珉秀：最近工作很多，感到有壓力。
秀珍：你得快點紓解壓力啊。
珉秀：對啊，所以我喝酒，喝酒的話可以緩解壓力。秀珍小姐妳不會有壓力嗎？
秀珍：我也有啊。最近因為考試覺得有壓力。

珉秀：那妳如果有壓力，會怎麼做？

秀珍：通常會去睡覺，這樣的話就會好轉。馬可先生看起來一直很幸福，好像沒有壓力。

馬可：不是的。我也有壓力，通常都是因為女朋友的關係。

秀珍：是嗎？那怎麼解決呢？

馬可：我會去做菜。

秀珍：啊，這個很好，有壓力請聯絡我，我跟你一起吃。

馬可：哈哈哈，謝謝。不過，保羅先生有壓力的話，會去運動吧？

保羅：哦？你怎麼知道？

馬可：如果因為錢的關係而感到壓力，不是會去運動嘛。

Track 095 / Track 096

5 A(남): 왜 그래요? 무슨 일 있어요?

B(여): 남자 친구하고 싸웠어요.

A(남): 왜요?

B(여): 지난 주말에 같이 등산하려고 산 입구에서 9시에 만나기로 했는데 1시간 동안 기다렸지만 남자 친구가 안 왔어요. 처음에는 화가 났어요.

A(남): 남자 친구한테 전화했어요?

B(여): 네, 전화했는데 전화를 안 받았어요. 그래서 걱정이 되었어요. 그냥 집에 가려고 하는데 대학교 때 친구를 만났어요. 그래서 같이 등산 했어요.

A(남): 남자 친구는요?

B(여): 두 시간쯤 늦게 온 것 같아요.

A(남): 남자 친구가 왜 전화를 안 했지요?

B(여): 나중에 알았는데 남자 친구가 집에 전화기를 놓고 왔어요.

A(남): 그래서 어떻게 되었어요?

B(여): 남자 친구 혼자 등산했어요.

A(남): 아이구, 혼자요? 심심했겠어요.

B(여): 네, 그리고 저는 산에서 내려온 후에 대학 친구하고 같이 저녁을 먹었어요. 오랜만에 만나서 즐겁게 이야기했어요.

A(남): 남자 친구한테 다시 연락했어요?

B(여): 제가 저녁 먹고 있는데 전화가 왔어요. 그래서 식당으로 오라고 했어요. 그런데 남자 친구가 화를 냈어요. 그리고 그냥 집으로 가버렸어요.

A(남): 아, 그랬군요.

B(여): 네, 그래서 저도 화가 나서 연락을 안 했어요.

A（男）：怎麼了？發生什麼事了嗎？

B（女）：我跟男朋友吵架了。

A（男）：為什麼？

B（女）：上禮拜我們約好要一起去爬山，9 點

在入口見面。可是我等了一個小時，男朋友卻沒來。一開始我很生氣。

A（男）：妳有打電話給妳男朋友嗎？

B（女）：有啊，我打了，但他沒接，所以我很擔心。本來想要回家了，但遇到大學時候的朋友，所以我們就一起去爬山了。

A（男）：那妳男朋友呢？

B（女）：好像遲到了兩個小時。

A（男）：妳男朋友為什麼沒有打電話？

B（女）：我後來才知道，他把電話忘在家裡了。

A（男）：所以後來怎麼樣了？

B（女）：他自己一個人爬山啊。

A（男）：哎呀，自己一個人嗎？應該很無聊吧。

B（女）：是啊，然後我下山後和大學同學一起吃了晚飯。好久沒見面，談得很愉快。

A（男）：妳有再打給妳男朋友嗎？

B（女）：我正在吃晚飯的時候，他打來了。於是我就叫他來餐廳，但是男朋友很生氣，然後就直接回家了。

A（男）：啊，原來是這樣啊。

B（女）：是啊，所以我也很生氣，就沒有跟他聯絡。

Unit 16 졸업 축하해요! 恭喜你畢業！

Track 098

1 ❶ A(남): 이번 주 토요일 저녁에 시간 있어요?

B(여): 네. 왜요?

A(남): 제 생일이에요. 학교 앞 호프집으로 6시까지 오세요.

❷ A(남): 오늘 떡국 먹었어요?

B(여): 떡국이 뭐예요?

A(남): 새해 첫날에 먹는 음식이에요.

❸ A(남): 여보, 오늘 좀 늦을 것 같아요.

B(여): 왜요? 무슨 일 있어요?

A(남): 회사 사람들하고 저녁 약속이 있어요.

❹ A(남): 이제 학교를 떠나니까 어때?

B(여): 조금 슬프지만 좋아요.

A(남): 어쨌든 졸업 축하해.

❺ A(여): 이제 대학생이 되었어요. 축하해요.

B(남): 네, 감사합니다.

❶ A（男）：這週六晚上有空嗎？

B（女）：有。怎麼了嗎？

A（男）：是我的生日。請在 6 點前到學校前面的啤酒屋。

❷ A（男）：今天吃了年糕湯嗎？

B（女）：年糕湯是什麼？

A（男）：是新年的第一天要吃的食物。

❸ A（男）：老婆，今天可能會有點晚。

B（女）：為什麼？有什麼事嗎？

A（男）：跟公司的人約好要吃晚餐。

❹ A（男）：現在就要離開學校了，感覺怎麼樣？

B（女）：雖然有點悲傷，但是很好。

A（男）：不管怎樣，恭喜妳畢業。

❺ A（女）：現在成了大學生了，恭喜你。

B（男）：是，謝謝您。

Track 099

2 ❶ A(남): 사라 씨, 꽃 받으세요.

B(여): 무슨 꽃이에요?

A(남): 오늘 생일이잖아요.

B(여): 어떻게 알았어요? 고마워요.

A(남): 그럼, 술 한 잔 사요.

❷ A(여): 이번 지수 씨 집들이에 갈 거지요?

B(남): 그럼요. 그런데 무슨 선물이 좋아요?

A(여): 저는 휴지를 살 거예요.

B(남): 휴지요?

A(여): 네, 한국에서는 집들이 선물로 휴지나 세제를 많이 줘요.

❸ A(여): 민수 씨 아기 돌 선물로 뭐 살 거예요?

B(남): 글쎄요. 뭐가 좋을까요?

A(여): 반지 어때요? 보통 돌 선물로 금반지를 많이 해요.

B(남): 그럼 그걸로 해요.

❹ A(남): 동생 졸업 선물을 사려고 하는데 같이 갈래요?

B(여): 여동생이 벌써 대학교 졸업해요?

A(남): 네, 이번에 졸업해요.

B(여): 뭐 살 거예요?

B(남): 동생이 가방이 필요할 것 같아요. 좀 골라 줄래요?

A(여): 네, 그래요.

❺ A(여): 이번 주에 한국 친구 집에 초대를 받았어요. 뭐 가지고 가면 좋아요?

B(남): 무슨 날이에요?

A(여): 아니요, 그냥 같이 식사하기로 했어요.

B(남): 그럼, 과일이나 와인은 어때요?

A(여): 아, 과일이 좋겠어요.

❶ A（男）：薩拉小姐，請收下花。

B（女）：什麼花？

A（男）：今天不是妳生日嗎。

B（女）：你怎麼知道？謝謝。

A（男）：那，請杯酒吧。

❷ A（女）：你這次會去智秀家的喬遷宴吧？

B（男）：當然了。但要買什麼禮物好？

A（女）：我要買衛生紙。

B（男）：衛生紙嗎？

A（女）：是啊，在韓國，喬遷宴禮物經常送衛生紙或清潔劑。

❸ A（女）：要送什麼週歲禮物給珉秀先生的孩子呢？

B（男）：就是啊。送什麼好？

A（女）：戒指怎麼樣？一般來說，週歲禮物大多送金戒指。

B（男）：那就這個吧。

❹ A（男）：我想去買妹妹的畢業禮物，要一起去嗎？

B（女）：你妹妹已經大學畢業了嗎？

A（男）：對啊，今年要畢業。

B（女）：你要買什麼？

B（男）：妹妹可能會需要包包，能幫我挑一下嗎？

A（女）：好，就這樣吧。

❺ A（女）：這個禮拜韓國朋友邀請我去他家裡玩，我要帶什麼去好呢？

B（男）：是什麼日子嗎？

A（女）：沒有，就只是決定一起吃飯。

B（男）：那水果或是紅酒怎麼樣？

A（女）：啊，水果應該不錯。

Track 100

3 ❶ A(여): 저 다음 달에 결혼해요.

B(남): 그래요? 축하해요. 언제예요?

A(여): 5월 17일 토요일 1시예요. 꼭 오세요.

B(남): 네, 알겠어요.

❷ A(남): 주말 잘 지냈어요?

B(여): 이사를 하느라고 바빴어요.

A(남): 어머, 이사했어요? 그럼 집들이는…….

B(여): 집들이는 다음 주 금요일에 하려고 해요. 저녁 7시쯤에 오실 수 있지요?

❸ A(여): 저희가 식당을 열었어요.

B(남): 정말요. 어디에요?

A(여): 광화문에요.

B(남): 무슨 음식점이에요?

A(여): 한국 전통 음식점이에요. 6월 13일 6시에 개업식 하니까 오세요.

❹ A(남): 제가 이번에 졸업 사진전을 해요.

B(여): 벌써 졸업이에요?

A(남): 네, 인사동 아트 갤러리에서 7월 28일부터 30일까지 해요.

B(여): 네, 꼭 갈게요.

❶ A（女）：我下個月要結婚。

B（男）：是嗎？恭喜妳。什麼時候？

A（女）：5月17日星期六1點。一定要來啊。

B（男）：好的，我知道。

❷ A（男）：週末過得好嗎？

B（女）：因為搬家所以很忙。

A（男）：哎呀，妳搬家了嗎？那麼喬遷宴…

B（女）：我打算在下禮拜五舉辦，你晚上7點左右能來吧？

❸ A（女）：我們開了餐廳。

B（男）：真的嗎，在哪裡？

A（女）：在光化門那邊。

B（男）：是什麼樣的餐廳？

A（女）：韓國傳統料理餐廳，我們六月十三號六點會舉行開幕典禮，要來參加喔。

❹ A（男）：我這次要辦畢業攝影展。

B（女）：這麼快就要畢業了喔？

A（男）：對，攝影展辦在仁寺洞藝術畫廊，從7月28日到30日。

B（女）：好，我一定會去。

Track 101

4 ❶ A(남): 저녁에 좋은 공연 있어요?

B(여): 네. 야외 공연 어때요?

A(남): 밖에서 하는 공연이요? 좋지요.

B(여): 서울광장에서 국악 뮤지컬 공연을 해요. 무료예요.

❷ A(남): 지수 씨, 스케이트 좋아하지요?

B(여): 네. 왜요?

A(남): 아이스 쇼를 해요.

B(여): 정말요? 그럼 꼭 보러 가야지요.

❸ A(여): 가수 공연 보러 가고 싶어요.

B(남): 10월 24일에 콘서트 있는데 갈래요?

A(여): 무슨 콘서트예요?

B(남): 아시아 자선 콘서트예요. 여러 가수들이 나와요.

❹ A(여): 준호 씨, 요즘 달리기를 열심히 해요.

B(남): 곧 마라톤 대회가 있어요.

A(여): 와, 마라톤 하려고요? 풀코스 할 거예요?

B(남): 아니요, 이번에는 10Km 할 거예요.

❶ A（男）：今晚有什麼不錯的表演嗎？

B（女）：有啊，露天表演怎麼樣？

A（男）：戶外表演嗎？好啊。

B（女）：在首爾廣場有一場國樂音樂劇，是免費的喔。

❷ A（男）：智秀小姐，妳喜歡滑冰吧？

B（女）：是的，怎麼了嗎？

A（男）：有冰上表演。

B（女）：真的嗎？那我一定要去看。

❸ A（女）：我想去看歌手的演出。

B（男）：十月二十四日有演唱會，要去嗎？

A（女）：是什麼樣的演唱會？

B（男）：亞洲慈善演唱會，有很多歌手都會來。

❹ A（女）：俊昊先生，你最近很認真在跑步耶。

B（男）：不久就會有馬拉松比賽。

A（女）：哇，你要參加馬拉松比賽喔？你要跑全程嗎？

B（男）：不，我這次要參加10公里的。

Unit 17 거리의 카페가 좋아요 喜歡街上的咖啡廳

Track 103

1 ❶ 남자: 우안 씨는 고향이 어디예요?

우안: 방콕 근처예요.

남자: 어떤 곳이에요?

우안: 배에서 물건을 파는 수상 시장이 유명해요.

❷ 여자: 제임스 씨는 호주 어디에서 살았어요?

제임스: 저는 바닷가 근처 도시에서 살았어요.

여자: 경치가 아름답겠네요.

제임스: 네, 요트 타러 사람들이 많이 와요.

❸ 남자: 미셸 씨 고향은 어디예요?

미셸: 파리예요.

남자: 파리요? 저도 파리에 갔다 왔는데 거리 카페들이 아주 좋았어요.

미셸: 네, 밖에 앉아서 얘기할 수 있어서 저도 좋아해요.

❹ 여자: 따밍 씨는 중국 어디에서 왔어요?

따밍: 베이징에서 왔어요.

여자: 베이징도 서울처럼 복잡해요?

따밍: 네, 특히 출퇴근 시간에 자전거 타는 사람들이
        많아서 복잡해요.

① 男生：宇安先生的故鄉在哪裡？
宇安：在曼谷附近。
男生：那是怎樣的地方？
宇安：在船上賣東西的水產市場很有名。

② 女生：詹姆斯先生住在澳洲的哪裡呢？
詹姆斯：我住在海邊附近的城市.
女生：景色一定很美。
詹姆斯：是的，有很多人會來搭遊艇.

③ 男生：米歇爾小姐的故鄉在哪裡？
米歇爾：巴黎。
男生：巴黎嗎？我也去過巴黎，那邊街道的咖
        啡廳非常棒。
米歇爾：是啊，因為可以坐在外面聊天，我也
        很喜歡。

④ 女生：達明先生來自中國的哪裡呢？
達明：我來自北京。
女生：北京也像首爾一樣複雜嗎？
達明：是的，特別是上下班時間騎腳踏車的人
        很多，所以很複雜。

Track 104

2 ① 남자：   제주도에 가 본 적이 있어요?
지수：   네, 가 봤어요.
남자：   한라산에 올라가 봤어요?
지수：   네, 올라갔어요.
남자：   말도 타 봤어요?
지수：   아니요, 말은 못 타 봤어요.
남자：   그럼 귤 농장에 가 봤어요?
지수：   네, 가 봤어요. 거기서 귤 많이 먹었어요.

② 폴：   저는 지난 주에 이집트 갔다 왔어요.
여자：   어머, 그래요? 피라미드 봤어요?
폴：   네, 봤어요.
여자：   사막에도 가 봤어요?
폴：   네, 가 봤어요. 사막에서 캠핑했어요.
여자：   와~ 거기서 낙타 타 봤어요?
폴：   아니요. 낙타는 안 탔어요.

③ 남자：   스위스에 가 본 적이 있어요?
릴리：   네, 알프스산에 가 봤어요.
남자：   거기서 스키 탔어요?
릴리：   아니요. 스키는 못 타 봤어요.
남자：   그럼 퐁듀는 먹어 봤어요?
릴리：   아니요, 못 먹어 봤어요.
남자：   그럼 뭐 했어요?
릴리：   산악 열차 타고 산을 구경했어요.

④ 여자：   다음 주에 브라질에 갈 거예요.
마르코：아, 그래요? 저도 작년에 갔다 왔어요.
여자：   거기서 축구 경기 봤어요?
마르코：아니요, 축구 경기는 못 봤어요.
여자：   그럼, 삼바춤 춰 봤어요?
마르코：아니요. 못 춰 봤어요. 춤 추는 것만 봤어요.
여자：   그럼, 브라질 커피는 마셔 봤어요?
마르코：네, (웃으면서) 커피는 여러 번 마셨어요.

① 男生：妳有去過濟州島嗎？
智秀：有的，我去過。
男生：你有爬過漢拏山嗎？
智秀：有的，我爬過。
男生：馬也有騎過嗎？
智秀：沒有，我沒有騎過馬。
男生：那妳去過橘子農場嗎？
智秀：是的，我去過。我在那裡吃了很多橘
        子。

② 保羅：我上週去了埃及。
女生：天啊，是嗎？看到金字塔了嗎？
保羅：有啊，我看到了。
女生：沙漠也有去嗎？
保羅：是的，去了。我還在沙漠裡露營。
女生：哇～你在那裡有騎駱駝嗎？
保羅：沒有。沒有騎駱駝。

③ 男生：妳有去過瑞士嗎？
莉莉：有，我去過阿爾卑斯山。
男生：有在那裡滑雪嗎？
莉莉：沒有。沒有滑到雪。
男生：那妳有吃過起司火鍋嗎？
莉莉：沒有，沒吃過。
男生：那妳做什麼了？
莉莉：我搭登山列車欣賞山景。

④ 女生：我下週要去巴西。
麥克：啊，是嗎？我去年也去了。
女生：你有在那裡看足球比賽嗎？
麥克：沒有，沒有看到足球比賽。
女生：那你有跳跳看森巴舞嗎？
麥克：沒有，我沒跳。只有看別人跳舞。
女生：那你有喝巴西咖啡嗎？
麥克：有啊，（一邊笑著）喝了好幾次咖啡。

Track 105

3 ① A(여)： 캘리포니아는 날씨가 어때요?
B(남)： 1년 내내 따뜻해요.

A(여): 그래서 오렌지가 유명하군요.

B(남): 네, 맞아요. 또 물가가 싸고 음식도 맛있어요. 또 사람들도 친절해요.

A(여): 와, 다 좋네요. 그럼 사는 데 불편한 건 없어요?

B(남): 한 가지 있어요. 자동차가 없으면 불편해요.

A(여): 아, 저는 운전을 못 하는데…….

② A(여): 영국은 날씨가 어때요?

B(남): 자주 흐리고 비가 오지만 여름에는 날씨가 아주 좋아요.

A(여): 살기는 어때요?

B(남): 물가는 좀 비싸지만 생활하기에는 아주 편해요. 교통도 편리하고요.

A(여): 영국에는 어떤 특별한 문화가 있어요?

B(남): 특별한 문화요? 음…… 아, 하나 생각났다. '레이디 퍼스트 (ladies first)'. 어디 들어가거나 나갈 때, 엘리베이터 탈 때 '여자 먼저' 예요.

A(여): 그거 참 좋은 거 같아요.

③ A(여): 어떤 여행이 제일 기억에 남아요?

B(남): 히말라야 트레킹이에요.

A(여): 와, 히말라야요? 어땠어요?

B(남): 경치가 정말 좋아요. 직접 봐야 해요.

A(여): 등산하기 힘들지 않았어요?

B(남): 올라갈 때 아주 천천히 올라가야 해요.

A(여): 잠이나 음식은 어떻게 했어요?

B(남): 산에 숙박 시설이 있고 음식은 거기서 사 먹거나 만들어 먹을 수 있어요.

A(여): 거기는 언제 가는 게 좋아요?

B(남): 4월, 5월이나 10월, 11월이 제일 좋아요. 6월부터 8월까지는 비가 오니까 피하세요. 밤에는 추우니까 따뜻한 옷을 가져가야 해요.

④ A(여): 베트남 여행 잘 갔다 왔어요?

B(남): 네, 잘 갔다 왔어요.

A(여): 베트남은 날씨가 덥지 않아요?

B(남): 보통 더워요. 그렇지만 지역마다 달라요. 시원한 곳도 있어요.

A(여): 어디 구경했어요?

B(남): 하롱베이 아세요? 바다에 많은 섬이 있는 곳인데 정말 아름다워요.

A(여): 아, 사진에서 본 적이 있어요.

B(남): 베트남은 오래된 역사와 다양한 문화를 가지고 있어요. 그래서 유적지가 많아요. 바닷가도 좋고요.

A(여): 네. 거기서 쌀국수 많이 먹었어요?

B(남): 아, '포' 국수요? 그럼요. 아주 맛있어요.

❶ A（女）：加州的天氣怎麼樣？

B（男）：一年到頭都很暖和。

A（女）：所以柳丁很有名啊。

B（男）：對，沒錯。另外，物價很便宜，食物也很好吃，而且人也很親切。

A（女）：哇，都很好耶。那麼生活上有沒有不方便的地方？

B（男）：有一點，沒有汽車的話會很不方便。

A（女）：啊，我不會開車......

❷ A（女）：英國的天氣怎麼樣？

B（男）：雖然常是陰天還下雨，但夏天天氣非常好。

A（女）：生活怎麼樣？

B（男）：物價高了一點，但生活很便利，交通也很方便。

A（女）：英國有哪些特別的文化嗎？

B（男）：特別的文化嗎？嗯......啊，我想到一個，「女士優先」（ladies first）。不管進出哪裡或是搭乘電梯的時候，都是「女士優先」。

A（女）：我覺得這個很好。

❸ A（女）：你印象最深的是什麼旅行？

B（男）：喜馬拉雅的背包旅行。

A（女）：哇，喜馬拉雅嗎？怎麼樣？

B（男）：風景很好，得親眼看一看。

A（女）：登山不累嗎？

B（男）：上去的時候得慢慢爬。

A（女）：睡覺跟吃飯怎麼解決的？

B（男）：山上有住宿設施，食物可以在那裡買或者做來吃。

A（女）：那裡什麼時候去比較好？

B（男）：最好是 4 月、5 月或 10 月、11 月，6 月開始到 8 月為止因為會下雨，請避開那段期間。晚上很冷，所以必須要帶暖和的衣服。

❹ A（女）：越南旅行玩得開心嗎？

B（男）：是的，玩得很開心。

A（女）：越南的天氣不熱嗎？

B（男）：大部份都很熱。但是每個地區都不一樣，也有涼爽的地方。

A（女）：你去參觀了哪些地方？

B（男）：知道下龍灣嗎？那是海上有許多島嶼的地方，真的很美麗。

A（女）：啊，我在照片上看過。

B（男）：越南有悠久的歷史和多樣的文化，所以有很多古蹟。海邊也不錯。

A（女）：是喔。在那裡有吃很多米線嗎？
B（男）：啊，河粉嗎？當然了，非常好吃。

Track 106

4 ❶ A(여): 우마르 씨, 제가 이번 휴가에 말레이시아로 여행 가려고 하는데 어디가 좋아요?
B(남): 음, 쿠알라룸푸르에서는 트윈 타워가 제일 유명해요. 그리고 이슬람 사원도 한번 가 보세요.
A(여): 이슬람 사원요?
B(남): 네. 거기서 말레이시아 문화를 볼 수 있어요. 그런데 좀 조심할 게 있어요.
A(여): 뭔데요?
B(남): 사원에 들어갈 때는 짧은 치마나 소매 없는 옷을 입으면 안 돼요.
A(여): 그래요? 또 다른 풍습이 있나요?
B(남): 네. 왼손으로 물건을 주거나 받으면 안 돼요. 오른손을 사용해야 돼요.
A(여): 네. 그렇군요.
B(남): 또 보통 남의 집에 들어갈 때 양말을 벗어야 해요.
A(여): 정말요? 우리는 양말을 신어야 하는데. 정말 다르군요.

❷ A(여): 이번 방학에 뭐 해요?
B(남): 부산에 사는 친구 집에 가려고 해요.
A(여): 부산 좋지요. 바다가 아름답고 싱싱한 생선도 먹을 수 있고요.
B(남): 네, 바다도 보고 생선 시장에도 갈 거예요. 또 친구 할아버지 댁에도 갈 거예요.
A(여): 할아버지 댁이요. 가면 어떻게 해야 하는지 아세요?
B(남): 어떻게 해야 되는데요?
A(여): 할아버지한테는 머리 숙여서 인사하세요.
B(남): 악수하지 말고요?
A(여): 네, 또 밥 먹을 때 밥그릇을 들고 먹으면 안 돼요.
B(남): 그래요? 일본이나 중국하고 다르군요.
A(여): 네, 또 할아버지가 술을 주시면 두 손으로 받아야 해요. 그리고 몸을 조금 옆으로 돌려서 마시세요.
B(남): 복잡하네요. 밥그릇을 들고 먹지 말고, 술은 두 손으로 받고, 몸을 돌려서 마시고……

❶ A（女）：烏馬爾先生，我這次休假要去馬來西亞旅遊，去哪裡好呢？
B（男）：嗯，吉隆坡最有名的是雙峰塔。然後也請去清真寺看看吧。
A（女）：清真寺嗎？
B（男）：是啊，在那裡可以看到馬來西亞的文化，但是有一點要小心。

A（女）：小心什麼？
B（男）：進清真寺時不能穿短裙或沒有袖子的衣服。
A（女）：是嗎？還有其他的風俗嗎？
B（男）：有，不能用左手給東西或接東西，得使用右手
A（女）：好，原來如此。
B（男）：另外，一般進去別人家的時候，都要脫襪子。
A（女）：真的嗎？我們是得穿襪子，真是不一樣啊。

❷ A（女）：你這個假期要做什麼？
B（男）：我想去住在釜山的朋友家。
A（女）：釜山好啊。海很漂亮，還可以吃到新鮮的海鮮。
B（男）：是的，我會看海，也會去海鮮市場，還要去朋友的爺爺家。
A（女）：爺爺家。去的話知道怎麼做嗎？
B（男）：該怎麼做？
A（女）：請向爺爺鞠躬問候。
B（男）：不是握手嗎？
A（女）：是的，而且吃飯的時候，不能端起飯碗吃飯。
B（男）：是喔？跟日本和中國不一樣啊。
A（女）：是的，還有爺爺給你倒酒的話，得用雙手去接。然後把身體稍微側到一旁後再喝。
B（男）：太複雜了。不要端著飯碗吃飯，酒要用雙手去接，身體稍微側到一旁後再喝……

정답 正確解答

Unit 01 반갑습니다 很高興見到您

課前暖身 준비

1 ❶ 태국
   ❷ 영국, 브라질, 이탈리아, 미국, 캐나다, 호주
   ❸ 모든 나라
   ❹ 모든 나라
   ❺ 한국, 일본

2 ❶ 의사   ❷ 회사원   ❸ 작가   ❹ 선생님
   ❺ 학생   ❻ 가수

聽力 듣기

1 ❶ 2   ❷ 4   ❸ 3   ❹ 1

2 ❶ 영국, 회사원   ❷ 베트남, 작가
   ❸ 몽골, 가수   ❹ 캐나다, 의사

3 ① ❶ 마르코 ❷ 김지수   ② ❶ 리에 ❷ 폴

4 ❶ 이탈리아   ❷ 회사원
   ❸ 영국   ❹ 일본어 선생님

5 ❶ 리에예요.   ❷ 영국 사람이에요.
   ❸ 회사원이에요.   ❹ 삼성에서 일해요.

Unit 02 식당이 어디에 있어요? 餐廳在哪裡?

課前暖身 준비

1 ❶ 책이 전화 옆에 있어요.
   ❷ 책이 책상 위에 있어요.
   ❸ 책이 가방 안에 있어요.
   ❹ 책이 의자 밑/아래에 있어요.
   ❺ 책이 텔레비전 앞에 있어요.
   ❻ 책이 시계 뒤에 있어요.

2 ❶ 슈퍼마켓   ❷ 학교   ❸ 은행
   ❹ 병원   ❺ 지하철역 ❻ 화장실

聽力 듣기

1
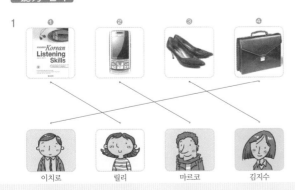

2 ❶ ×   ❷ ○   ❸ ×   ❹ ○   ❺ ○   ❻ ○

3

4

5

活動 활동

❶ 책상 옆   ❷ 소파 뒤   ❸ 문 옆
❹ 책장 앞   ❺ 의자 아래/밑 ❻ 책상 위
❼ 탁자 위

149

Unit 03 가족이 어떻게 되세요?
您有哪些家人？

課前暖身 준비

1

① 할아버지 할머니 아버지 어머니 형 누나 나(남자) 여동생 남동생 오빠 언니 나(여자)
② 남편 아내 아들 딸

2 ① 한 ② 두 ③ 세 ④ 네 ⑤ 다섯

聽力 듣기

1 ① 1(명), 19(살) ② 5(명), 25(살)

2 ① 2 ② 1 ③ 4 ④ 3

3
 폴
 릴리
 이수진
 이치로

4 ① 의사, 은행원 ② 회사원, 7살, 5살
  ③ 회사원, 학생 ④ 화가

5 ① 마크: 기자, 27살, 형
  ② 릴리: 학생, 이태원, 여동생

Unit 04 얼마예요? 多少錢？

課前暖身 준비

1 ① 백 원 ② 오백 원 ③ 천 원
  ④ 오천 원 ⑤ 만 원 ⑥ 오만 원

2 ① 2(두) 개 ② 5(다섯) 병 ③ 6(여섯) 마리
  ④ 4(네) 권 ⑤ 1(한) 장 ⑥ 3(세) 잔

聽力 듣기

1 ① 1,400원 ② 5,000원 ③ 3,500원
  ④ 67,000원 ⑤ 100,000원

2
 10,000 원
 4,000 원
 3,000 원
 28,000 원

3 식빵, 치즈, 오이, 물, 초콜릿

4

① 이유: 크다, 작다, 싸다
② 이유: 디자인이 좋다, 작다, 스크린이 크다
③ 이유: 색이 예쁘다, 크다, 편하다
④ 이유: 멋있다, 무겁다, 가볍다

5

스페셜 세일 쿠폰
Special Sales Coupon

이유: 비싸다.
이유: 학생이라 와이셔츠를 안 입는다.
이유:
이유: 남자 친구가 장갑이 있다.
이유: 선물로 안 좋다.

Unit 05 오늘 뭐 해요? 今天做什麼呢？

課前暖身 준비

1 ❶ 공부하다 ❷ 보다 ❸ 운동하다 ❹ 마시다
❺ 듣다 ❻ 먹다 ❼ 일하다 ❽ 만나다

2
1 시 45 분

聽力 듣기

1 ❶ 02:15 ❷ 09:27
❸ 11:40 ❹ 07:30

2

<table>
<tr><td colspan="7">6 월</td></tr>
<tr><td>월요일</td><td>화요일</td><td>수요일</td><td>목요일</td><td>금요일</td><td>토요일</td><td>일요일</td></tr>
<tr><td></td><td></td><td>1</td><td>2</td><td>3
오늘</td><td>4</td><td>5</td><td>6</td></tr>
<tr><td>7</td><td>8</td><td>9</td><td>10</td><td>11</td><td>12</td><td>13</td></tr>
</table>

3

4

10월

월	화	수	목	금	토	일
5	6 학교	7 요가	8 학교	9 친구 7 시	10 생일	11 영화 5 시

5 ❶ 9 ❷ 8 ❸ 11 ❹ 금, 6

6 ❶ 6:30 ❷ 7:30 ❸ 8:00
❹ 12:00 ❺ 5:00 ❻ 6:00~8:00
❼ 7:30 ❽ 금 ❾ 11:00

Unit 06 집에 어떻게 가요? 你要怎麼回家？

課前暖身 준비

1 ❶ 택시 ❷ 지하철 ❸ 버스 ❹ 비행기
❺ 자동차 ❻ 자전거 ❼ 기차 ❽ 걸어서 간다

2 ❶ 지하철 역 ❷ 버스 정류장 ❸ 택시 정류장
❹ 지하철 역-표 사는 곳
❺ 지하철 역-나가는 곳
❻ 지하철 역-갈아타는 곳

聽力 듣기

1 ❶ ③ ❷ ② ❸ ① ❹ ④ ❺ ②, ① ❻ ②

2 ❶ 30(분) ❷ 버스, 1(시간)
❸ 6(시간) ❹ 2번 버스, 20(분) ❺ 3(시간)

3 ❶ 5 ❷ 4 ❸ 2 ❹ 1 ❺ 3

4 ❶ 지하철 ❷ 기차 ❸ 버스 ❹ 비행기

5 ①
2 1 4 3

②

어디에서	---->	어디까지	교통수단	걸리는 시간
지금 있는 곳	---->	서울역	지하철	
서울역	---->	부산역	KTX기차	2시간 40분
부산역	---->	해운대역	버스	40분
해운대역	---->	집	걸어서	10분

Unit 07 취미가 뭐예요? 你的興趣是什麼？

課前暖身 준비

1 ❶ 테니스 ❷ 수영 ❸ 축구 ❹ 스키
❺ 요가 ❻ 자전거 ❼ 피아노 ❽ 기타

2 ❶ 하다 - 수영, 축구, 요가
❷ 치다 - 테니스, 기타, 피아노
❸ 타다 - 스키, 자전거

聽力 듣기

1 ❶ 4 ❷ 3 ❸ 2 ❹ 1

2 ❶ ❷
❸
 ❸ ❹

3 ❶ ○ ○ ❷ ○ ✕

❸ ✕ ○ ❹ ✕ ✕

4 ❶ 3 ❷ 1 ❸ 4 ❹ 2

5 ❶ 사라 ❷ 사라 ❸ 릴리 ❹ 준호
　 ❺ 준호 ❻ 릴리

Unit 08 휴가 어땠어요? 假期過得如何？

聽力 듣기

1 ❶ 2 ❷ 1 ❸ 6 ❹ 5 ❺ 3 ❻ 4

2 ❶ 1 ❷ 2 ❸ 1 ❹ 2 ❺ 3
　 ❻ 3 ❼ 3 ❽ 2 ❾ 3 ❿ 2
　 ⓫ 2 ⓬ 1 ⓭ 1 ⓮ 3 ⓯ 2

3

4 ③ 온천 　　 ③ 숲길 산책
　 ① 미술관 방문 　 ⑤ 스쿠버 다이빙
　 ④ 스키 　　 ② 신혼여행
　 ② 자전거 여행 　 ④ 등산
　 ⑤ 나이트클럽에서 춤추기

5
	경치 / 볼거리	쇼핑	음식	사람	호텔
아주 좋았다	✔		✔	✔	
어떤 것은 좋았다		✔			
별로 안 좋았다					✔

6

活動 활동

2
2	친구들과 안동에 갔다. 시외버스 터미널에서 9시 버스를 타고 안동으로 출발. 세 시간 걸렸다.
4	안동에 도착해서 먼저 안동에서 유명한 찜닭을 먹으러 갔다. 좀 매웠지만 맛있었다.
3	점심 먹고 하회마을로! 하회마을은 한국의 옛날 집들이 많다. 거기는 지금도 사람이 살고 있다. 집들이 아주 예뻤다.
1	안동은 또 탈춤으로 유명하다. 하회 탈춤을 구경하고 탈춤 옷을 입고 사진도 찍었다. 저녁에 서울로 돌아왔다. 아주 한국적이고 재미있는 여행이었다.

Unit 09 비빔밥 하나 주세요 請給我一份拌飯

課前暖身 준비

1 ❶ 예약 ❷ 배달 ❸ 주문 ❹ 포장

2 ❶ 잘 먹겠습니다. ❷ 많이 먹었어요.
　 ❸ 잘 먹었습니다.

聽力 듣기

1 ❶ 1 ❷ 3 ❸ 4 ❹ 5 ❺ 2

2 ❶ 손님이 모두 세 명이다.
　 ❷ 비빔밥을 주문한다.
　 ❸ 음식을 다 먹었다.
　 ❹ 음식값을 카드로 냈다.
　 ❺ 불고기 버거와 콜라를 식당에서 먹는다.

3 ❶ 1 ❷ 5 ❸ 4 ❹ 2 ❺ 3

4 ❶

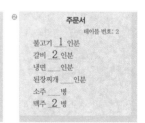

❸

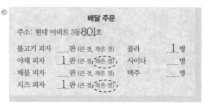

152

5	식당			부모님이
❶	[한식] 맛김치 삼겹살	맛있는 김치 삼겹살, 친절한 직원 음식값이 싸다.	☐ 돼지고기를	이유: 안 좋아한다.
❷	[양식] 지노	스테이크와 샐러드, 케익이 맛있다 지하철역에서 3분	☐ 집에서	이유: 많이 먹는다.
❸	[일식] 스시	넓고 깨끗하다, 싱싱한 생선 넓은 주차장	☐ 한국이니까 일식보다	이유: 한국 음식이 좋다.
❹	[한식] 기와집	전통 한국 음식 한정식 4만 원, 5만 원, 6만 원 주말 할인	✔ 한국 전통 음식,	이유: 주말에 싸다.

Unit 10 새해에는 운동을 할 거예요
我將在新的一年開始運動

課前暖身 준비

1 ❶ 결혼하다　❷ 졸업하다　❸ 취직하다
　　❹ 사업하다　❺ 부자가 되다
　　❻ 세계 여행을 하다　❼ 퇴직하다
　　❽ 외국어를 배우다　❾ 책을 쓰다

聽力 듣기

1 ❶ 올해　❷ 졸업 후　❸ 내년
　　❹ 5년 후　❺ 60살　❻ 퇴직 후

2

3 ❶
수요일	오전 수업
	오후 5시 세미나
	저녁 7시 친구들과 저녁

❷
월요일	회의
화요일	런던 출장
일요일	서울에 돌아옴

❸
토요일	부모님 오심 (청소, 요리)
일요일	오전: 수영
	오후: 영화

❹
화요일	6:30 한국어 수업
목요일	7:00 콘서트
토요일	친구하고 술

4 ❶ 운동, 뚱뚱해져서
　　❷ 영어 공부, 세계 여행을 하고 싶어서
　　❸ 차, 직장이 멀어서
　　❹ 술, 건강이 나빠져서
　　❺ 직장, 일이 안 맞아서

---

5 ❶ 교통이 편리하다
　　❷ 복잡하다
　　❸ 조용한 곳에 있다
　　❹ 기숙사가 있다
　　❺ 좋아하는 교수님이 있다
　　❻ 등록금이 비싸다
　　❼ 장학금이 있다

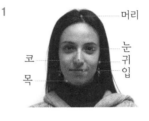 한국대학교

 우정대학교

Unit 11 머리가 아파요 我頭痛

課前暖身 준비

1
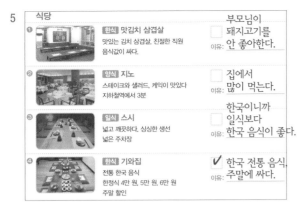

머리 / 눈 / 귀 / 입 / 코 / 목 / 어깨 / 팔 / 허리 / 배 / 손 / 다리 / 무릎 / 발

2 ❶ 배가 아프다　❷ 기침을 하다
　　❸ 머리가 아프다　❹ 콧물이 나다
　　❺ 다리를 다치다　❻ 열이 나다

聽力 듣기

1 ❶ 3　❷ 5　❸ 6　❹ 1　❺ 4　❻ 2

2

노래를 많이 불러서 / (길에서) 넘어져서 / 잠을 못 자서 / 술을 많이 마셔서

3 ❶ 어깨, 1(한), 목　❷ 발, 쉰다.
　　❸ 잠을 못 잔다, 운동　❹ 배, 고기, 물

4 2 - 4 - 3 - 1 - 5 - 6

5 ❶ ☐ 귀가 아프다　❷ ✔ 머리 아프다　❸ ✔ 기침하다
　　❹ ✔ 열이 나다　❺ ☐ 배 아프다　❻ ✔ 콧물이 나다

1 ❶ 내과 ❷ 안과 ❸ 소아과 ❹ 치과
  ❺ 이비인후과 ❻ 피부과 ❼ 산부인과

2 ❶ 세 번 ❷ 식사 후 ❸ 3일

Unit 12 여보세요 喂？

課前暖身 준비

1 ❶ 통화하다 ❷ 전화 끊다 ❸ 전화 걸다
  ❹ 문자를 보내다

2 ❶ 02-3582-9700 공이의[에] 삼오팔이의[에] 구칠공공
  ❷ 02-9301-8746 공이의[에] 구삼공일의[에] 팔칠사육
  ❸ 031) 870-5473 공삼일의[에] 팔칠공의[에] 오사칠삼
  ❹ 063) 359-7078 공육삼의[에] 삼오구의[에] 칠공칠팔

聽力 듣기

1 ❶ 597-4603 ❷ 2971-5781
  ❸ 486-3242 ❹ 743-8009

2 ❶ ○ ❷ ○ ❸ × ❹ ×

3 ❶ 3 ❷ 4 ❸ 1 ❹ 2

4 ❶ 4 ❷ 1 ❸ 2 ❹ 6 ❺ 3 ❻ 5

5
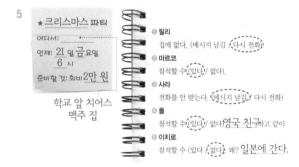

Unit 13 표를 예약하고 싶은데요 我想訂票

聽力 듣기

1 ❶ 3 ❷ 2 ❸ 4 ❹ 1

2 ❶ 5월 6일 ❷ 괴물 ❸ 8월 17일 ❹ 1일, 한 명

3
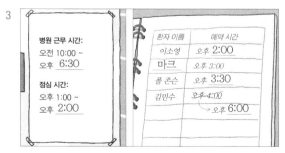

4 ❶

❷

5 ❶

6 ❶

7 ❶ 여행 갔다온 후 광고와 달라서 불평하려고.
  ❷

Unit 14 사전 좀 빌려 주세요 請借我字典

課前暖身 준비

2 ❶ 6 ❷ 2 ❸ 3 ❹ 5 ❺ 4 ❻ 1

聽力 듣기

1 ❶ 3 ❷ 5 ❸ 1 ❹ 2 ❺ 6 ❻ 4

2 ❶ 5 ❷ 3 ❸ 1 ❹ 2 ❺ 6 ❻ 4

3
대화번호	무슨 부탁	O/X
❶	주스 사기	○
❷	돈 빌리기	×
❸	옷 바꾸기	○
❹	공연 표 사기	○
❺	창문 닫기	×

4 ● ● ● ●

● ● ● ●

5 ❶ 환불

❷ 남자 친구가 안 좋아한다.

❸

하나백화점

경기도 성남시 분당구   대표 이상호
                             031-780-3111
2018-05-06

[반품 등록]

상품명	수량	금액
넥타이	-1	-40,000원
합계		-40,000원

주소: ✔
이름: ✔
날짜: ✔
서명: ✔

6

우체국 KOREA POST		EMS국제특급우편	
From 보내는 사람	전화번호 ✔ 이름(영문) ✔ 주소 ✔ Email SEOUL □□□-□□□ Rep. of KOREA	To 받는 사람	Tel no ✔ Name(영문) ✔ Address ✔ Post code Country ✔
Customs Declaration 세관신고서		Weight 중량	Postage 우편요금
Contents 내용 품명	Value 가격(US $)	730 g	28,000 원
책	✔	Country code 도착국명	영국 GB
□Sample 상품견본 ✔Gift 선물 □Merchandise 상품	Signature 발송인 서명 ✔	보험이용여부 Insurance □Yes ✔No	

活動 활동

2 ❶ 극장   ❷ 공원   ❸ 박물관, 전시장
  ❹ 은행, 건물 안   ❺ 버스 안   ❻ 학교

Unit 15 기분이 좋으면 노래해요
心情好的話，我會唱歌

課前暖身 준비

1 ❶ 슬프다   ❷ 기쁘다   ❸ 심심하다
  ❹ 신나다   ❺ 놀라다   ❻ 기분이 나쁘다
  ❼ 화가 나다   ❽ 걱정하다

2 ❶ 기쁘다, 행복하다   ❷ 심심하다
  ❸ 슬프다   ❹ 미안하다   ❺ 화가 나다
  ❻ 즐겁다, 신나다, 행복하다 등

聽力 듣기

1 ❶ 3   ❷ 5   ❸ 1   ❹ 2   ❺ 4   ❻ 6

2 ❶ 기분이 좋을 때   ❷ 기분이 나쁠 때
  ❸ 화가 날 때   ❹ 심심할 때
  ❺ 슬플 때   ❻ 우울할 때

3 ❶ 어머, 몰랐어요. 죄송해요.
  ❷ 고마워요. 정말 기뻐요.
  ❸ 안됐네요. 운동을 해 보세요.
  ❹ 정말 슬프겠어요.

4 수진: 시험, 잠을 많이 잔다.
  민수: 일, 술 마신다.
  폴: 돈, 운동한다.
  마르코 : 여자 친구, 음식을 만든다.

5 4 - 3 - 1 - 6 - 2 - 8 - 7 - 5 - 9

6 ❶ 화가 나다   ❷ 걱정하다
  ❸ 반갑다 / 기쁘다   ❹ 심심하다
  ❺ 즐겁다   ❻ 화가 나다

Unit 16 졸업 축하해요!
恭喜你畢業！

課前暖身 준비

1 ❶ 설날   ❷ 결혼식   ❸ 생일   ❹ 집들이
  ❺ 돌   ❻ 졸업식

2 ❶ 결혼식   ❷ 졸업식   ❸ 생일   ❹ 설날   ❺ 돌

聽力 듣기

1 ❶ 생일 ❷ 설날 ❸ 회식 ❹ 졸업식 ❺ 입학식

2

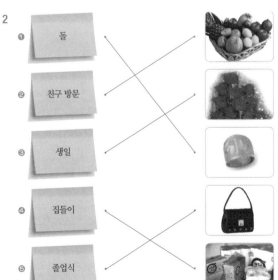

155

3

❶ 청첩장

저희들이 결혼을 하게 되었습니다.
오셔서 축하해 주시면
감사하겠습니다.

이지호 한영미 의 장남 진수
김민기 정소라 의 장녀 도희

날짜: **5** 월 **17** 일 (토요일)
1 시

장소: 행복 웨딩홀

❷ 재민 씨께

안녕하세요?
제가 이사를 했어요.
그래서 **집들이** 를 하려고 해요.
날짜는 다음주 **금** 요일 9일
저녁 **7** 시쯤이에요.
주소는 수내동 37번이에요.
전화번호는 010-3592-7804예요.
그럼 꼭 오세요.

강수미 드림

❸ 개업 인사

저희가 이번에 광화문에
한국 전통 음식점 '청원'을
열게 되었습니다.
그래서 다음과 같이 개업식을 합니다.
많이 오셔서 축하해 주십시오.

날짜: **6** 월 **13** 일
토요일 저녁 6시

위치: 광화문 사거리

❹ ○○대학교 사진학과 졸업 사진전 안내

7월 **28** 일 (금) –
30 일 (일)

인사동 아트 갤러리

전화: (02) 714-0138

4

	행사	장소	기간	요금	문의
☐	서울북 페스티벌	경희궁	10.2~10.19 20:00	무료	www.bookfestivals.co.kr
2	김연아 아이스쇼	목동 아이스링크	10.25~11.4	5만 원 ~ 20만 원	www.iceshow.com
1	국악 뮤지컬 야외공연	서울광장	10.2~10.19 20:00	무료	www.summerevents.net
4	Hi Seoul 마라톤대회 (풀코스, 하프코스, 10Km)	청계천, 한강, 서울숲	10.12(일) 8:00	풀코스/하프 3만 원 10KM 2만 원	512-2578
☐	서울디자인올림픽 (전시 및 컨퍼런스)	잠실종합운동장	10.10~30	무료	412-1484
3	아시아 AID 콘서트 (여러 가수 참가)	잠실실내 체육관	10.24(금) 20:00~	1~2만 원	2171-2431

活動 활동

1

③ 어린이날　④ 어버이날　① 설날　② 추석　⑤ 크리스마스

❶ 이 날은 새해의 첫날이다. 사람들은 한복을 입고 어른들한테 '새해 복 많이 받으세요' 라고 말하고 절을 한다. 또 이 날은 '떡국'을 먹는다. 그럼 나이를 한 살 더 먹는다고 한다.

❷ 이 날은 음력 8월15일이다. 한국의 아주 큰 명절 중의 하나이다. 보통 가족이 같이 모인다. 그리고 '송편'을 만들어 먹는다. 송편과 사과, 배, 밤 등 새로 나온 과일로 조상에게 차례를 지낸다.

❸ 이 날은 5월 5일으로 아이들을 위한 날이다. 어른들은 아이들에게 선물을 주고 아이들과 즐거운 시간을 보낸다.

❹ 이 날은 5월 8일이다. 부모님한테 감사하는 날이다. 많은 사람들이 부모님을 찾아가서 카네이션 꽃과 선물을 드린다.

❺ 이 날은 12월에 있다. 사람들은 트리를 만든다. 그리고 카드를 보낸다. 선물도 주고 받는다. 한국에서는 이날 보통 친구들하고 같이 지낸다. 그렇지만 서양에서는 가족이 모인다.

Unit 17　거리의 카페가 좋아요
喜歡街上的咖啡廳

課前暖身 준비

1

❶ 우안	❷ 제임스	❸ 미셸	❹ 따밍
베이징	방콕	호주	파리

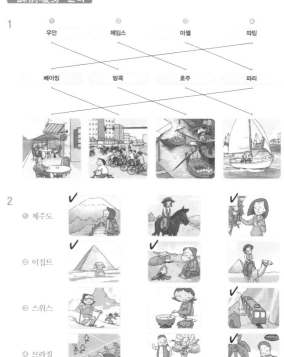

2

❶ 제주도
❷ 이집트
❸ 스위스
❹ 브라질

3

❶ 캘리포니아

날씨: 1년 내내 (✔ 따뜻하다 ☐ 덥다).
생활: 물가가 (✔ 싸다 ☐ 비싸다).
음식: 맛이 있다.
사람들: (✔ 친절하다 ☐ 불친절하다).
자동차: (✔ 필요하다 ☐ 필요 없다).

❷ 영국

날씨: 자주 흐리고 비가 온다.
　　　(✔ 여름 ☐ 겨울)은 날씨가 좋다.
생활: 물가가 비싸다. 편하다.
　　　교통 (✔ 편리하다 ☐ 불편하다).
풍습: 문을 열고 들어가거나 나갈 때 (✔ 여자 ☐ 남자)가 먼저 간다.

❸ 히말라야

볼거리: 산의 경치
주의할 것: 등산할 때는 (✔ 천천히 ☐ 빨리) 산에 오른다.
숙박: 산에 숙박 시설이 있다.
음식: (✔ 사 먹거나 만들어 먹을 수 있다.
　　　☐ 모두 준비해 가야 한다).
방문 시기: (✔ 4월, 5월이나 10월, 11월 ☐ 6월~8월)
준비물: 등산에 필요한 모든 물건, 따뜻한 옷 등

❹ 베트남

날씨: (✔ 지역마다 다르다 ☐ 모든 곳이 덥다).
볼거리: – 하롱베이
　　　– 오래된 역사와 다양한 문화
　　　　(✔ 유적지 ☐ 박물관)이/가 많다.
　　　– (✔ 바닷가 ☐ 산)이/가 좋다.
음식: 쌀국수 '포'가 유명하다.

4

1 ❶ ✕　❷ ✕　❸ ○
2 ❶ ○　❷ ✕　❸ ✕　❹ ○

156

색인 索引Index

ㄱ

가격 價錢 92

가깝다 (가까워요) 近、接近 44

가르치다 教 26, 38

가방 包包 20

가볍다 (가벼워요) 輕 32

가수 歌手 14

가장 最… 98

가져오다 拿來、帶來 92

가족 家族 26

가족이 어떻게 되세요? 您有哪些家人呢? 26

가지고 가실 거예요? 您要外帶嗎? 62

간호사 護士 14

갈비 排骨 62

갈비 2인분 주세요. 請給我兩人份的排骨。 62

갈아타다 換乘、轉乘 44

감기에 걸렸어요. 感冒了。 74

갑자기 突然 80

값 價錢 32

갔다오다 來回、去過 86

강사 講師 14

강아지 小狗 98

같이 一起 20

개 狗 26

개봉(-하다) 首映、上映 50

개업(-하다) 開業 104

개업 축하합니다. 恭喜你開業。 104

거기 이치로 씨 집이지요? 那裡是一郎先生的家嗎? 80

걱정하다 擔心 98

걱정하지 마세요. 請不要擔心。 98

건강 健康 68, 98

건물 建築物 56

걷다 (걸어요) 走路 44

걸다 打(電話) 80

걸리다 花(時間) 44

겨울 冬天 56

결혼(-하다) 結婚 68

결혼 축하합니다. 新婚愉快、恭喜你結婚。 104

결혼식 結婚典禮 104

경주 慶州 44

경치 風景、景色 50, 56

경희궁 慶熙宮 104

계란 雞蛋 32

계시다 在 80

계획 計畫 68

고급 高級 86

고르다 選擇、挑選 104

고속철도 高速鐵路(高鐵) 56

공부하다 學習、讀書 26

공연 公演、演出、表演 104

공원 公園 20

공휴일 公休日、國定假日 104

과거 過去、過往 68

과일 水果 32

과자 餅乾 32

관광(-하다) 觀光 86

관광 안내 책 觀光導覽手冊 56

관심(-이 있다) 關心、有興趣 50

광고 廣告 86

광장 廣場 104

교수 教授 26, 68

교통수단 交通工具 44

구경(-하다／가다) 欣賞、參觀 50

구두 皮鞋 20

국적 國籍 14

귀 耳朵 74

그게 那個 20

그냥 就這樣、不太重要、沒有理由 26

그래도 即便如此、可是 50

그래서 所以 32

그러니까 所以 32

그런데 但是 32

그런데요. 是的。 80

그럴 수도 있지요. 這也是有可能發生的。 98

그럼 那麼 32

그렇지만 然而、但是 32

그리고 還有 32

그리다 描繪、畫圖 50

그림 圖片、圖畫 50

극장 劇場 50

근무(-하다) 工作、上班 86

근처 附近 20

금연 禁菸 92

금요일 星期五 38

금요일 저녁 거로 바꿔 주세요.

請幫我換到星期五晚上的。 86

기간 期間、日期 50

기념품 紀念品 56

기분이 나쁘다 心情不好 98

기분이 좋다 心情好 98

기쁘다 歡喜 98

기숙사 宿舍 68

기억에 남다 留在記憶中 110

기자 記者 26

기차 火車 44

기침(-하다) -咳嗽 74

길 路 74

김치 泡菜 62

까만색 黑色 32

깎다 削、砍、減 32

깨끗하다 乾淨、整潔 56, 62

꺼지다 關掉 80

끄다 關掉 92

끊다 中斷、打斷、掛斷、切斷 80

끝나다 結束 38

내다 繳交 62

내리다 下降、降落 44

내용물 內容物 92

내일 明天 38, 68

냉면 冷面 62

냉방 冷氣房 92

너무 太 32

넓다 寬、寬闊、寬廣 56

넘어지다 倒下、跌倒 74

네, 물어보세요. 好的，請問。 92

네, 바꿔 주세요. 對，請幫我更換。 92

네, 사다 드릴게요. 好的，我幫您買。 92

네, 약국 옆에 있어요. 有，在藥局旁邊。 20

네, 잘 갔다 왔어요. 是的，順利回來了。 56

네, 전해 드릴게요. 好的，我幫您傳達。 92

(-)년 年 38

노래 歌曲 74

노래방 練歌房、KTV 50, 74

녹차 綠茶 32

놀라다 吃驚、驚嚇 98

누구 誰 20

누나 姊姊 26

누르다 (눌러요) 壓、按 80

눈 眼睛 74

늦게 晚、遲、慢 80

ㄴ

나가다 出去 44

나쁘다 (나빠요) 壞 68

나오다 出來、出現 62

나이 年紀 26

나이가 어떻게 되세요? 請問您幾歲？ 26

나중에 之後、以後、下次 80, 98

나중에 다시 전화하겠습니다. 之後再打電話給您。 80

낚시 釣魚 56

날씨가 지역마다 달라요. 每個地方的天氣都不一樣。 110

남기다 遺留、剩下 80

남동생 弟弟 26

남자 男生 26

남편 老公、先生 26

내과 內科 74

ㄷ

다 全部 26

다니다 往返、進進出出 50

다르다 不一樣 110

다리 腿 74

다양하다 多樣、各式各樣 62, 110

다양한 문화를 가지고 있어요. 擁有多元文化 110

다음 下一個、下一次 68

다음 주 계획이 어떻게 돼요? 下週有什麼計劃嗎？ 68

다치다 受傷 74

단풍 楓葉 56

닫다 關 44

달리기(-하다) 跑步 50

당일 當天 56

대다 靠、觸碰 92

대학교 大學 26

대회 大會、大賽 104

더 更、更加 62

데이트하다 約會 50

도로 道路、馬路 56, 67

도시 都市 110

도착(-하다) 抵達 44

독도 獨島 86

돌 石頭 110

돌 週歲 104

돌려주다 歸還 92

돌리다 轉動、扭轉、迴轉 110

돌아보다 回想、回頭看 56

돌아오다 回來 38, 68

돕다 (도와요) 幫忙 68

(-)동안 期間 38

된장찌개 大醬湯 62

뒤 後面、後方 20

뒷자리 後面的位子 86

드리다 呈、獻 92

듣다 (들어요) 聽 38, 50

들다 舉、抬、拿、提 92

들어가다 進入、加入 110

등록금 註冊費 68

등산(-하다／가다) 登山 50,80

등산복 登山服 56

등산이에요. 登山。 50

등산화 登山鞋 56

딸 女兒 26

떠나다 離開 104

떡국 年糕湯 104

뚱뚱하다 肥胖 68

ㄹ

런던으로 출장갈 거예요. 我要去倫敦出差。 68

롯데 백화점 樂天百貨公司 44

ㅁ

마시다 喝 32

마을 村子、村莊 56

마지막으로 最後 92

만나다 見面 38

만들다 做 32

말 馬 110

말 타 봤어요? 有騎過馬嗎? 110

맛있게 드세요. 請好好享用。 62

맞다 對、正確 32

매다 綁、繫、束 44

매일 每天 50

매일 수영해요. 我每天游泳。 50

매주 每週 50

매진 售罄、販售完畢 81

매진입니다. 已售罄。／都賣完了。 86

머리 숙여서 인사하세요. 鞠躬問候。 110

머리 頭 74

먹다 吃 38

멀다 遠 62

멋있다 帥氣 32

메시지 좀 전해 주시겠어요? 您能幫我傳達訊息嗎? 92

메시지를 남겨 주세요. 請留下訊息。 80

며칠 幾天、幾號 38

(-)명 ○名 26

명절 節日 104

몇 幾、多少 26

몇 시 거로 해 드릴까요? 要幫您訂幾點的票? 86

몇 시에 친구를 만나요? 幾點要跟朋友見面? 38

모두 全部 26, 62

모이다 聚集 104

모자 帽子 32

목 脖子、頸部 74

목요일 星期四 38

목 운동 頸部運動 74

몸이 다 아파요. 全身都痛。 74

몽골 蒙古 14

무겁다 (무거워요) 重 32

무료 免費 104

무릎 膝蓋 74

무슨 怎麼樣的 14

무슨 운동을 좋아하세요? 你喜歡什麼運動? 50

무슨 일 하세요? 您從事什麼工作? 14

무엇이 제일 좋았어요? 哪個最好? 56

묵다 住宿、停留 86

문의 詢問、查詢 50

문화 文化 110

문화 센터 文化中心 52

물가 物價 110

뭐 什麼 14

뭐 드릴까요? 請問您需要什麼? 32

뭐 드시겠어요? 您要點什麼? 62

뭘 도와 드릴까요? 要幫忙嗎 ? 32

뭘 드릴까요? 要為您送上什麼餐點呢? 62

미국 美國 14

미래 未來 68

미술관 美術館 50, 56

밑 底下 20

ㅂ

바꾸다 變更、調換 92

바꿔 드릴까요? 幫您做更換嗎? 92

바뀌다 更換 80

바람(-이) 불다 起風、颱風 110

바르다 (발라요) 塗、抹、敷、擦 74

바지 褲子 32

밖 外面 20

반납하다 返還 92

반지 戒指 104

받다 接收 68, 80

발 腳 74

밤 栗子 104

밥그릇 碗 110

방 房間 20

방문(-하다) 訪問 56

방학 ﹙學校﹚放假 56, 110

배 肚子 74

배 梨子 32

배 船 44

배가 아파요. 肚子痛。 74

배달(-하다) 快遞 62,80

배달 되지요? 可以叫外賣嗎? 62

배우 演員 14

배우다 學習 38

버스 정류장 公車站 44

벌써 早就 98

베트남 越南 14

변경(-하다) 變更 80

변호사 律師 26

별로 不怎麼樣 56, 98

병원 醫院 20

보내다 度過、送 80

보다 看 38

보여 주세요. 請給我看一下。 32

보여 주다 展現 32

보통 普通、一般、通常 50

보통이다 普通、一般般 62

복 福氣、好運 104

복도 走廊 81

복잡하다 複雜 68

볼거리 值得看的 56, 110

부모 父母 26

부산에 어떻게 가면 돼요? 要怎麼去釜山? 44

부자 有錢人 68

부족하다 不足、不夠 56

부탁(-하다) 拜託 92

부탁 좀 들어 주세요. 請聽一下我的請求。 92

부탁이 있어요. 我有個請求。 92

(-)분 分 38

분위기 氣氛 62

불고기 烤牛肉 62

불편하다 不便利、不舒服、不舒適 62

불평하다 不滿、抱怨 86

불행하다 不幸、不幸福 98

붓다 (부어요) 腫 74

브라질 巴西 14

비싸다 貴 32

비행기 飛機 44

빌리다 借 56, 92

빠르다 (빨라요) 快 44

빨래(-하다) 洗衣服 92

빵 麵包 32

뼈 骨頭 74

ㅅ

사과 蘋果 32

사과 세 개에 오천 원이에요. 三顆蘋果是五千韓幣。 32

사다 買 32

사람 人 14

사막 沙漠 110

사업 事業 98

사업(-하다) 事業﹙做生意﹚ 68

사원 寺院 110

사진 照片 26, 50

사진을 찍어요. 拍照。 56

사진전 攝影展 104

산부인과 婦產科 74

산악 열차 登山列車 110

산책하다 散步 38

살다 活、生存、過~的生活 26

삼겹살 五花肉 62

상담원 顧問、諮詢師 80

상영하다 上映 80

상품 商品 86

새해 新年 68

새해 복 많이 받으세요. 新年快樂。 104

새해에는 무슨 계획이 있어요? 新年有什麼計畫嗎? 68

색깔 顏色 32

생각(-이) 나다 想起來 110

생기다 發生、產生 80

생선 魚 32

생선회 生魚片 62

생일 生日 38

생일 축하해요. 生日快樂。 104

생활(-하다) 生活 110

서명 簽名 62

서비스 服務、贈送 63

서양 西洋 104

서울역 다 왔습니다. 快到首爾站了。 44

서울역에서 KTX 타세요. 請在首爾站搭 KTX。 44

선물 禮物 32

선물하다 贈送禮物 92

선생님 老師 14

설날 農曆新年 104

섬 島嶼 56

성함 姓名 14

성함이 어떻게 되세요? 請問尊姓大名？ 26

세계 여행(-하다) 環遊世界 168

세일하다 打折 32

세제 洗劑、清潔劑 104

세탁기 洗衣機 92

세탁소 洗衣店 92

소고기 牛肉 32

소리 聲音 92, 98

소매 袖子 110

소아과 小兒科 74

소파 沙發 20

소포 包裹 92

손 手 74

손님 顧客 62

손수건 手帕 32

송편 松糕、豆餡蒸糕 104

수상 시장 水產市場 110

수상 시장이 유명해요. 水產市場很有名。 110

수업 課程、課 38

수영(-하다) 游泳 50

수영복 泳裝 56

수요일 星期三 38

수요일이에요. 是星期三。 38

수진 씨 책이에요. 這是秀珍小姐的書。 20

수진 씨가 어디에 있어요? 秀珍小姐在哪裡? 20

숙박 住宿、投宿 86

숙박 시설 住宿施設 110

숙이다 低下、俯 110

숲 樹叢 56

쉬다 休息 50

슈퍼마켓 超市 20

스무살이에요. 我二十歲。 26

스트레스를 받아요. 感到有壓力。 98

스트레스를 풀어요. 紓解壓力。 98

슬프다 悲傷 98

(-)시 時 38

시간① 時間 ② 小時 38

시간 있을 때 뭐 하세요? 當您有空的時候會做什麼? 50

시계 時鐘、手錶 20

시골 鄉村 56

시끄럽다 (시끄러워요) 吵鬧、喧嘩 86

시내 市區 68

시원하다 舒爽、涼快、爽口 110

시키다 點（菜）、使、讓 62

식당이 어디에 있어요? 餐廳在哪裡? 20

신나다 興奮、激動 98

신다 穿 (鞋子、襪子) 92

신문 報紙 32

신분증 身分證 14

신청하다 申請 86

신혼여행 蜜月旅行 56

실례지만 길 좀 물어봐도 돼요?

不好意思，我可以跟您問路嗎? 92

실례지만 누구세요? 不好意思，請問是哪位? 80

실패하다 失敗 98

싫다 討厭 68

심심하다 無聊 98

싱싱하다 新鮮 62

싸다 便宜 32

싸우다 吵架 98

쌀국수 米線 110

아내 老婆、妻子 26

아내하고 딸 하나, 아들 하나 있어요.

有妻子、一個女兒和一個兒子。 26

아들 兒子 26

아래 下面、下方 20

아마 也許、可能 68

아버지 爸爸 26

아직(-도) 還沒 68

아침 早上 38

아파트 公寓 68

아프다 (아파요) 痛、生病 74

안 裡面 20

안됐네요. 真丟臉。 98

안과 眼科 74

안내 諮詢、指南、說明 56, 80

안내문 說明、介紹、指南 50

안녕하세요? 您好嗎? 14

안녕히 가세요. 請慢走。 14

안녕히 계세요. 請留步。 14

안전벨트를 매주시기 바랍니다. 請繫好您的安全帶。 44

앞 前面、前方 20

야구 棒球 50

야외 野外、郊外 104

야채 蔬菜 62

약국 藥局 20

약사 藥劑師 74

약속 約定 68

약속(-하다) 約定、承諾 68, 80

약을 처방해 드릴게요. 我開藥給您。 74

양말 襪子 32

양식 西餐 62

어느 나라 사람이에요? 你是哪一國人? 14

어느 나라에서 오셨어요? 您是從哪一個國家來的呢? 14

어디 哪裡 14, 20

어디가 아파요? 哪裡不舒服? 74

어디에 살아요? 請問您住在哪裡? 26

어떻게 如何 14

어떻게 아프세요? 怎樣不舒服? 74

어떻게 오셨어요? 您是因為什麼問題而來的呢? 74

어른 長輩、大人、成年人 44

어린이날 兒童節 104

어머니 媽媽 26

어버이날 父母節 104

어서 오세요. 歡迎光臨。 32

어제 昨天 38

언니 姊姊 26

언제 什麼時候? 38

언제 회의가 있어요? 什麼時候要開會? 38

언제로 바꿔 드릴까요? 幫您換到什麼時候呢? 86

얼굴이 안 좋아요. 氣色不好。 74

얼마나 多麼、多少 44

얼마나 걸려요? 需要花多久的時間? 44

얼마예요? 多少錢? 32

업무 시간 工作期間、營業時間 38

없다 (없어요) 沒有、不在 20

여권 護照 56

여기 세워 주세요. 請在這邊停車。 44

여기 있어요. 在這邊。 32

여기요. 這裡。 62

여동생 妹妹 26

여름 夏天 56

여자 女生 26

여행사 旅行社 86

역 車站 44

역사 歷史 110

연결(-하다) 連接 80

연락처 聯絡方式 62

연락하다 聯絡 98

열 熱、燒 74

열 列、隊、排 86

열다 開啟 38

영국 英國 14

영수증 收據 92

영화 電影 26, 38, 50

옆 旁邊	20
예 是	74
예매(-하다) 預售、預購	80, 86
예쁘다 (예뻐요) 漂亮	32
예술품 藝術品	56
예약(-하다) 預約、預定	62, 80, 86
예약됐습니다. 已幫您預約完成。	86
예약 사항 預約事項	62
예약이 다 찼습니다. 預約都已經滿了。	86
예약하려고 하는데요. 我想要預約。	62
예약해 드리겠습니다. 我將幫您預約。	86
예절 禮節	110
옛날 古時候、從前	56
오늘이 6월 17일이에요. 今天是6月17日。	38
오늘이 며칠이에요? 今天是幾號？	38
오늘이 무슨 요일이에요? 今天是星期幾？	38
오래되다 很久、長時間	110
오랜만에 久違地	98
오른손을 사용해야 돼요. 必須使用右手。	110
오른쪽 右邊	20
오빠 哥哥	26
오이 小黃瓜	32
오전 早上、上午	38
오후 下午	38
온돌방 暖炕房、溫突房	86
온천 溫泉	56
온천이 유명해요. 溫泉很有名。	56
올려 놓다 上傳	92
옮기다 移動、搬遷	68
왕복 往返	86
외국어 外語	68
왼쪽 左邊	20
요금 費用	44
요리(-하다) 料理	68
(-)요일 星期	38
요청(-하다) 要求、請求	92
우산 雨傘	20
우선 優先	74
우울하다 憂鬱、鬱悶、不快樂	98
우체국 郵局	20
운동 運動	50
운동 자주 하세요? 您經常做運動嗎？	50
운동하다 運動	38
운이 좋아요. 運氣好。	98
운전면허증 駕照	56
울다 哭泣	98
울릉도 鬱陵島	86
원하다 希望、期盼	86
(-)월 月	38
월요일 星期一	38
위 上面	20
위치 位置	20, 86
유람선 遊輪	86
유명하다 有名	56
유적지 遺址	110
은행 銀行	20
은행원 銀行員	14, 26
음력 農曆	104
음료수 飲料	32
음악 音樂	50
음악 듣는 거 좋아해요. 我喜歡聽音樂。	50
의사 醫生	14
의자 椅子	20
이 근처에 슈퍼마켓이 있어요? 這附近有超市嗎？	20
이거 어때요? 這個如何？	32
이게 누구 책이에요? 這是誰的書？	20
이게 뭐예요? 這是什麼？	20
이게 책이에요. 這是書。	20
이게 這個	20
이륙하다 起飛、升空	44
이름 名字	14
이름이 뭐예요? 你叫什麼名字？	14
이번 這次	38
이번 주말에 뭐 할 거예요? 這個週末要做什麼？	68
이비인후과 耳鼻喉科	74
이사 搬家	104
이용하다 利用、使用	86
이유 原因	74
이태원에 살아요. 我住在梨泰院。	26
인원 成員、人員	62
(-)일 日	38
일본 日本	14
일시 日期與時間	50
일식 日式料理	62
일어나다 起來、起床	38
일요일 星期日	38

일하다 做事	38
일하다 工作	14
입 嘴巴	74
입다 穿	32, 92
입구 入口	98
입학식 入學典禮	104
있다 (있어요) 有、在	20

ㅈ

자다 睡覺	38
자동차 汽車	44
자르다 剪	92
자리 座位、地方、位子	92
자선 慈善	104
자전거 腳踏車	44
자주 經常	50
작가 作家	14
작다 小	32
잔디밭 草坪、草地	92
잘 好、擅長	50
잘됐네요. 太好了！	98
잘됐어요. 太棒了！	26
잘 먹겠습니다. 開動了。	62
잘 먹었습니다. 吃得很開心。	62
잘 모르겠어요. 我不太清楚。	68
잠깐만요／잠시만요／잠깐만 기다리세요. 請稍等一下。	80
장갑 手套	32
장남 長男	104
장녀 長女	104
장소 場所、地點	38, 50, 83
장학금 獎學金	68
재미없다 無趣	98
저 수진이에요. 我是秀珍。	80
저는 김지수입니다. 我是金智秀。	14
저는 영국 사람이에요. 我是英國人。	14
저는 이수진이라고 합니다. 我叫李秀鎮。	26
저는 학생이에요. 我是學生。	14
저쪽 那裡、那邊	44
적다 寫、紀錄	44, 92
전단지 傳單	32
전데요. 我就是。	80
전시장 展示廳	92

전시회 展覽會	50, 104
전통 傳統	62, 104
전하다 相傳、轉交、交給	92
전혀 完全不、根本沒有	50
전화 電話	20
전화 받으세요. 請接電話。	80
전화 잘못 거셨어요. 您打錯電話了。	80
전화번호가 몇 번이에요? 電話號碼是幾號？	80
전화번호가 어떻게 돼요? 電話號碼是多少？	80
절 行禮、鞠躬	104
젊은 사람 年輕人	56
점심 午餐	38
정말 真的	26
정보 情報	110
제공(-하다) 提供	86
제주도에 가 본 적이 있어요? 有去過濟州島嗎？	110
조상 祖先	104
조식 早餐	86
조심하다 小心	110
조용하다 安靜	56
조용히 安靜地	92
졸업(-하다) 畢業	68
졸업 축하해요. 恭喜你畢業。	104
졸업 후에 뭐 할 거예요? 畢業後要做什麼？	68
졸업식 畢業典禮	104
좀 깎아 주세요. 請算便宜一點。	32
좁다 窄、小	62
종합운동장 綜合運動場	104
좋아하다 喜歡	32, 50
좌석 座位	81
주말 週末	38
주문(-하다) 訂購、點餐	62
주문 좀 받으세요. 我要點餐。	62
주부 主婦	26
주스 좀 사다 주세요. 請幫我買杯果汁。	92
주의하다 注意、警示、提醒	110
주차장 停車場	62
주택 住宅	68
죽다 死亡	98
준비물 備用品、準備物品	110
줄이다 縮減、減少、減輕	92
중국 中國	14
즐겁다 愉悅	98

증상 症狀 74

지금 現在 26, 38

지금 통화 괜찮으세요? 現在方便通電話嗎? 83

지도 地圖 56

지도를 가지고 가요. 帶了一張地圖。 56

지역 地區 110

지원서 申請書、履歷 14

지하철 捷運、地鐵 44

지하철 몇 호선을 타요? 要搭地鐵幾號線? 44

지하철 역 捷運站、地鐵站 20

지하철로 가요. / 지하철 타고 가요.
我搭捷運回家。/ 我搭地鐵回家。 44

직업 職業 14, 68

직업이 뭐예요? 您的職業是什麼? 14

직원 職員、工作人員 62

직장 職場、工作單位 68

직접 直接 110

진료(-하다) 診療 81, 81

집들이 喬遷宴 104

집에 어떻게 가요? 你要怎麼回家? 44

집에서 쉴 거예요. 我要在家休息。 68

짧게 短 92

짧은 치마를 입으면 안 돼요. 不能穿短裙。 110

(-)쯤 左右、大約 44

ㅊ

차례 祭祀 104

참석하다 參加、出席 80

창가 靠窗、窗戶旁 81

창문 窗戶 20

찾다 尋找 92

책 書 20

책상 書桌 20

책장 書櫃、書架 20

처방(-하다) 藥方 74

처음(-에) 第一次 98

천천히 慢慢地 110

청바지 牛仔褲 32

청소(-하다) 掃除、清潔 68

청소년 青少年 44

청첩장 結婚喜帖 104

초대(-하다) 邀請、招待 104

초등학생 小學生 44

최고 最好、最棒、第一、最高 56

최저가 最低價 86

축구(-하다) (踢)足球 50

축하하다 祝賀 104

출발(-하다) 出發、開始、起步 56

출발하다 出發 44

출입문 車門、機艙門、閘門 44

출장(-가다) 出差 68

출퇴근 시간 上下班時間 110

취미 興趣、嗜好 50

취미가 뭐예요? 你的興趣是什麼? 50

취소(-하다) 取消 80

취직(-하다) 就業 68

취직하다 就業 98

취직할 거예요. 我要就業。 68

치과 牙科 74

치마 裙子 110

치우다 整理、打掃、移開 92

친구 朋友 26

친절하다 親切 56

침낭 睡袋 56

침대방 有床的房間、西式的房間 85

ㅋ

캐나다 加拿大 14

커피 한 잔 주세요. 請給我一杯咖啡。 32

커피숍에 있어요. 她在咖啡廳。 20

컴퓨터 게임(-하다) (打)電腦遊戲 50

컵라면 杯麵 32

코 鼻子 74

콧물 鼻涕 74

크다 (커요) 大 32

ㅌ

타다 乘坐 44

탁구(-치다) (打)桌球 50

탁자 桌子 20

탈의실 更衣室 92

태국 泰國 14

태어나다 出生 98

택배 宅配 — 80

테니스(−치다) (打)網球 — 50

테니스를 좋아해요. 我喜歡打網球。 — 50

텐트를 쳐요. 搭帳篷。 — 56

토요일 星期六 — 38

통신 수단 通訊工具 — 68

통화 중이에요. 通話中。 — 80

통화하다 通電話 — 80

퇴직(−하다) 退休 — 68

특별하다 特別 — 68, 104

특별한 계획이 없어요. 沒有特別的計劃。 — 68

ㅍ

팔 手臂 — 74

편리하다 方便、便利 — 68

편안하다 舒服的、舒適的、平安的 — 62

편하다 便利、舒服、舒適 — 32, 44

평일 平日 — 38

평점 評分 — 62

포도 葡萄 — 32

포장(−하다) 包裝 — 62, 92

포함 사항 包含事項 — 86

폴 씨 계세요? 保羅先生在嗎? — 80

표 票 — 44

표를 예약하고 싶은데요. 我想訂票 — 86

풀다 解開、釋放 — 98

풍습 風俗習慣 — 110

피곤하다 疲憊 — 68, 74

피부과 皮膚科 — 74

피아노를 잘 못 쳐요. 我不太會彈鋼琴。 — 50

피아노를 잘 쳐요? 你很會彈鋼琴嗎? — 50

피우다 抽(菸)、點燃 — 92

피하다 迴避、躲藏、避免 — 110

필요하다 需要 — 32

ㅎ

학교 學校 — 14

학생 學生 — 14

한 시간쯤 걸려요. 大概會花一小時。 — 44

한국어 과정 韓語課程 — 14

한국에서 왔어요. 我來自韓國。 — 14

한복 韓服 — 104

한식 韓式料理 — 62

한정식 韓定食 — 62

할 수 없지요. 那也沒辦法。 — 80

할머니 奶奶 — 26

할아버지 爺爺 — 26

할인(−하다) 折扣 — 32

합격(−하다) 合格 — 98

항공권 機票 — 86

항상 經常 — 98

해녀 海女 — 110

해물 海產 — 62

해변 海邊 — 56

해산물 海鮮、海產 — 110

해외 海外 — 56

행복하다 幸福 — 98

행복하세요. 要幸福喔。 — 104

행복해 보여요. 看起來很幸福。 — 98

허리 腰 — 74

헤어지다 分手 — 74

현금 現金 — 62

현재 現在、目前 — 68

형 哥哥 — 26

(−)호 號 — 38

(−)호선 號線 — 44

호수 湖 — 56

혹시 或許 — 74

혼자 自己一個人 — 86

화가 畫家 — 14

화가 나다 生氣 — 98

화분 花盆、盆栽 — 92

화요일 星期二 — 38

확인(−하다) 確認 — 80

환불(−하다) 退費 — 92

환자 患者 — 74

회비 會費 — 80

회사원 公司職員 — 14

회식 聚餐 — 104

회의 會議 — 32

회의(−하다) 會議（開會） — 38

휴가 休假 — 56

휴가 잘 갔다 왔어요? 假期過得好嗎？ — 38

휴대폰 手機 — 68

휴지 衛生紙 104

흐리다 混濁、陰沉 110

힘내세요. 請加油。 98

힘들다 累 98

Etc.

11시에 회의가 있어요. 11點有場會議。 38

1박 一晩 81, 86

2인분 兩人份 62

2호선을 타세요. 請搭2號線。 44

3층에 있어요. 在三樓。 20

3호선으로 갈아타세요. 請換3號線。 44

7시 거로 해 주세요. 請幫我訂七點的票。 86

7시에 친구를 만나요. 7點要跟朋友見面。 38

台灣廣廈 國際出版集團
Taiwan Mansion International Group

國家圖書館出版品預行編目（CIP）資料

標準韓國語聽力【初級】/趙才嬉, 吳美南著.
-- 新北市：國際學村出版社, 2023.03
　　面；　公分
ISBN 978-986-454-270-3(平裝)

803.28　　　　　　　　　　　　112000105

 國際學村

標準韓國語聽力【初級】

作　　　者／趙才嬉、吳美南		編輯中心編輯長／伍峻宏	
譯　　　者／蔡佳吟、郭于禎		編輯／邱麗儒	
		封面設計／林珈仔‧內頁排版／菩薩蠻數位文化有限公司	
		製版‧印刷‧裝訂／東豪‧弼聖‧明和	

行企研發中心總監／陳冠蒨　　　　線上學習中心總監／陳冠蒨
媒體公關組／陳柔彣　　　　　　　產品企製組／顏佑婷
綜合業務組／何欣穎

發　行　人／江媛珍
法律顧問／第一國際法律事務所 余淑杏律師‧北辰著作權事務所 蕭雄淋律師
出　　　版／國際學村
發　　　行／台灣廣廈有聲圖書有限公司
　　　　　　地址：新北市235中和區中山路二段359巷7號2樓
　　　　　　電話：（886）2-2225-5777‧傳真：（886）2-2225-8052

代理印務‧全球總經銷／知遠文化事業有限公司
　　　　　　地址：新北市222深坑區北深路三段155巷25號5樓
　　　　　　電話：（886）2-2664-8800‧傳真：（886）2-2664-8801
郵政劃撥／劃撥帳號：18836722
　　　　　　劃撥戶名：知遠文化事業有限公司（※單次購書金額未達1000元，請另付70元郵資。）

■出版日期：2023年03月
ISBN：978-986-454-270-3　　　　版權所有，未經同意不得重製、轉載、翻印。